Pierre PUAUX

W0359041

Court a été l’étale

Récit familial

Edilivre

Du même auteur :

"***Les Chambres de Commerce et d'Industrie***"
Presses Universitaires de France
Collection "*Que sais-je ?*"
– 2ème édition corrigée (7ème mille), mai 1998 –
(épuisé)

"***Les Chambres de Commerce et d'Industrie,***
au passé, au présent et au futur"
L'Harmattan
– 2ème édition corrigée, octobre 2003 –

"***Histoire de la Nouvelle-Sycomanie***
pendant la dernière guerre mondiale"
parodie historique
L'Harmattan
– décembre 2004 –

À mes trois enfants et
à mes trois petits-enfants :

Jean-Frank Puaux et Marion Puaux,
Sylvie Puaux et Thomas Nevers,
Frédérique Puaux et Kévin Pujol,

ainsi qu'à mon ami, *Arthur*,
qui a bien voulu assortir
mon ouvrage de quelques
commentaires personnels.

Prologue

À l'heure où l'onde par la Lune est attirée,
Je me mis sur le sable, après un bain de mer.
Et, la tête partant la première, mon cher,
– Car les cheveux, surtout, gardent l'eau dans leur frange ! –
Je m'enlevai dans l'air, droit, tout droit comme un ange.
Je montais, je montais, doucement, sans effort... "

Edmond Rostand
(Cyrano de Bergerac : troisième acte, scène XIII)

*
* *

L'océan et, plus particulièrement, son phénomène de la marée – ô combien spectaculaire – m'ont toujours fasciné !

Si je veux faire partager ma passion, faut-il encore que je commence par expliquer ce qu'est ce phénomène à ceux de mes lecteurs qui en auraient besoin mais, que les autres se rassurent, ma digression sera suffisamment brève pour ne pas les ennuyer, qui pourront prendre cela comme un simple rappel de leurs connaissances !

Il suffit en effet de savoir que l'action conjuguée des attractions du soleil et, surtout, de la lune, supérieure à plus du double, en venant légèrement contrarier l'énorme force centripète de notre terre, la fameuse "*pesanteur*", dix millions de fois plus forte, dans l'équilibre universel de la "*gravitation*", mis en lumière en 1666, avec l'aide de ses prédécesseurs (Copernic, Galilée, Kepler...), par Newton, grâce, raconte-t-on, à la pomme qui lui tomba un jour sur le nez au cours d'une sieste sur l'herbe, oui, que ces deux attractions n'en provoquent pas moins sur les grandes étendues des océans une ondulation sur la surface des eaux, qui se traduit par leur montée et leur descente.

Tout se passe, en fait, comme dans une gigantesque cuvette, presque pleine de liquide, où le centre, tantôt se gonflerait au détriment des bords (marée basse), tantôt se dégonflerait à leur profit (marée haute), selon des cycles plus ou moins réguliers. Ainsi, sur les côtes ouest et nord de France par exemple, avec un rythme biquotidien, donc pour des durées d'à peu près six heures chacune, il y a la marée montante ou le "*flot*" ou encore le "*flux*", selon son choix, puis la marée descendante ou le "*jusant*" ou encore le "*reflux*", selon son bon vouloir. En outre, en fonction de la position, par rapport à la terre, des deux acteurs célestes de ce mécanisme, tels qu'ils viennent d'être identifiés, son amplitude varie de façon spectaculaire, ce qui s'explique facilement lorsque l'on se souvient que la lune tourne autour de la terre et celle-ci autour du soleil selon des "*ellipses*", ce qui veut dire, en clair, que les distances respectives des composantes de ce petit monde varient et, avec elles, en conséquence, leur influence les unes sur les autres. C'est ainsi qu'environ deux fois par mois, le fameux "*mois lunaire*", on a de plus fortes marées ou "*vive(s)-eau(x)*" ou encore "*grandes marées*", selon son humeur, correspondant à la "*pleine lune*" et à la "*nouvelle lune*" puis, à l'inverse, de plus faibles marées ou "*morte(s)-eau(x)*" ou encore "*petites marées*", selon son envie, correspondant aux "*quartiers de lune*".

Le "*coefficient de marée*", imaginé par l'hydrographe français, Rémy Chazallon, qui publia en 1850 le premier "*calendrier des marées*", varie graduellement, d'une période à la suivante, qui, selon les régions, portent parfois bien leur nom respectif, par exemple de "*revif*" et de "*déchet*", entre les deux chiffres conventionnels de 20 et 120, soit une échelle de un à six.

Voilà, parole tenue ! Je n'en dirai pas davantage sur ce plan, si ce n'est que la fonte des glaciers un peu partout dans le monde ainsi que celle des glaces continentales de l'Arctique et de l'Antarctique, avec la montée consécutive du niveau des mers, scientifiquement programmées sur le principe sinon sur le calendrier, en fonction du réchauffement climatique de la planète, nous réservent bien des surprises en ce qui concerne la marée ! En admettant que toutes ces glaces, à ne pas confondre avec les icebergs dont la disparition est sans effet sur le niveau des mers puisque, grâce à Archimède, nous savons qu'en flottant sur l'eau ils y occupent déjà leur place, y compris la partie émergée , du fait de son poids, en admettant donc que toutes les glaces en cause aient un jour sinistre totalement fondu, comme on en prend le chemin, même si le risque n'est pas mesuré avec précision dans le temps, imaginons un instant les gigantesques métamorphoses qui guettent nos paysages marins jusqu'aux contours mêmes des continents et de notre petit hexagone, si le niveau des mers augmentait de quelques six mètres comme d'aucuns le prédisent !

Tout cela pour constater, de retour sur la terre ou sur la mer, que la dénivellation entre les plus mortes et les plus vives eaux, le "*marnage*", peut atteindre… aujourd'hui, selon les périodes, la configuration des lieux, notamment la profondeur des eaux ainsi que le contour des côtes, le vent et la pression atmosphérique, jusqu'à quatorze mètres, soit la hauteur d'un immeuble de quatre ou cinq étages, et même plus de seize mètres au Mont-Saint-Michel où, selon le dicton populaire, la marée monte à la vitesse d'un cheval au galop, voire plus de dix-neuf mètres dans la baie de Fundy au Canada !

Quant à "*l'estran*", partie du littoral balayée par le marnage, pour peu que celle-ci soit plate, il peut avoir une immense superficie.

J'ai eu du mal à faire comprendre à mes petits-enfants, avant l'âge d'environ dix ans, qu'une grande marée a pour effet que l'eau monte très haut, mais qu'elle descend ensuite très bas et, inversement, qu'une petite marée ne monte ni ne descend beaucoup. Pour eux, tout simplement, la grande marée c'était la marée haute, la "*pleine mer*", et la petite marée la marée basse, la "*basse mer*" ! Avant un certain âge, l'enfant privilégie ce qu'il voit, du fait qu'il lui est difficile de se placer dans la perspective du temps, que ce soit vers le passé ou, encore plus, vers le futur, en rétrospective ou en "*futurospective*", que je préfère à "*prospective*", à connotation par trop économique en l'occurrence !

Tout cela pour découvrir, encore et surtout, de façon moins prosaïque, que la marée a cette particularité étonnamment magique de modifier "*de fond en comble*" les paysages du bord de mer, au point que l'on ne les reconnaît souvent plus d'une marée basse à une marée haute ou d'une marée haute à une marée basse, jusqu'à ce que l'habitude ne vienne rompre le charme !

J'ai connu en Bretagne de très grandes marées d'équinoxe, quand lune et soleil produisent conjointement leur plein effet – les fameuses "*marées du siècle*" – dont le coefficient a atteint jusqu'à 119 ! Pour peu que le vent d'ouest vienne donner son coup de pouce pour aider l'eau à monter et voilà que celle-ci avait une fois carrément recouvert la route du petit port du Fret, à Crozon, dans la presqu'île du même nom. Bien entendu, pour peu que le vent d'est vienne aider la mer à descendre et voilà que l'on peut aller vérifier, avec de l'eau en dessous des genoux, l'état de la manille reliant le lourd bloc de béton et la grosse chaîne du "*corps-mort*" auquel est amarré son bateau, lequel s'est entre temps alangui sur un flanc. Il y a même des "*grands crus* " de grandes marées, tous les quatre à cinq ans lorsque la lune est à son périgée (proche de la terre) et non à son apogée (loin de la terre).

La marée rythme la vie des plaisanciers, notamment dans les ports aux eaux peu profondes. On y voit régulièrement des embarcations qui, s'étant endormies sur un côté à la descendante, commencent peu à peu à se réveiller à la montante, en se redressant par à-coups, pour flotter bientôt à nouveau, avant de reprendre le large. On en profite, de temps en temps, pour refaire une beauté à son bateau, à condition de l'avoir stabilisé sur ses deux béquilles, en débarrassant la carène de ses parasites, algues et chapeaux chinois particulièrement tenaces, ou en lui donnant un coup de peinture.

Un autre effet très spectaculaire de la marée est le courant, de flot ou de jusant, qu'elle provoque dans les goulets d'étranglement et qui devient impressionnant aux grands coefficients. Certains endroits, au nom souvent évocateur, sont célèbres, tels le Passage de la Déroute dans la Manche, le Passage du Fromveur entre les Îles d'Ouessant et de Molène… J'ai vu un bateau de pêche s'y reprendre à trois fois pour franchir le Raz-de-Sein, à côté de la Baie des Trépassés. À la Pointe des Espagnols, dans le Goulet de Brest, j'ai vu, un après-midi d'août à la brise mollassonne, un beau voilier, un engin qui faisait ses trente bons pieds, toutes voiles dehors, y compris le spinnaker, parfaitement immobilisé pendant vingt longues minutes, pris qu'il était entre vent et courant contraires, avant de reprendre poussivement sa course en avant, au moment où le premier commençait à l'emporter sur le second. Le barreur avait-il mal interprété le calendrier des marées, avait-il mal estimé la force du vent ou du courant, était-il tout simplement arrivé un peu à l'avance… ?

*

* *

Le moment est maintenant venu d'explique pourquoi "*Court a été l'étale*".

À la fin de la marée montante et à la fin de la marée descendante, il se trouve qu il y a un court instant d'inertie, de quelques minutes, où la mer ne bouge plus. C'est le fameux phénomène de "*l'étale*". Puis, la mer de reprendre son mouvement pendulaire de hauts et de bas.

Ainsi en a-t-il été de ma vie. Loin d'être "*un long fleuve tranquille*", ses périodes où rien ne s'est passé, où tout semblait se figer pour un temps, où l'on ne se pose aucune question, où l'on n'a aucun état d'âme, où l'on pourrait presque somnoler éveillé… ont été, en réalité, de bien courte durée. Et puis, comme on dit, "*ça repart*", "*de plus belle*", "*pour le meilleur et pour le pire*", "*avec des hauts et des bas*", "*dans un éternel recommencement*"… !

Avec l'âge, la "*désenvie*" de m'impliquer, comme j'ai pu le faire, pour moi-même, certes, mais souvent également pour autrui, prend parfois le dessus. Aussi, ai-je décidé de mettre ce répit à profit pour concrétiser une biographie familiale, tout en racontant quelques souvenirs personnels d'une vie qui me donne l'impression d'avoir été bien remplie, sinon toujours bien faite.

*

* *

Mais, auparavant, je ne voudrais pas clore ce prologue sans présenter mon ami Arthur, dans la mesure où il a pris une part active dans mon travail, ce qui justifie que je le cite souvent, et sans livrer, telles que je les ai vécues, deux anecdotes qui illustrent bien des avatars dus à la marée.

*

* *

Je connais Arthur depuis fort longtemps. Il est devenu un ami irremplaçable, celui à qui j'accorde ma meilleure confiance. Comment et où nous sommes-nous rencontrés ? Pourquoi nous sommes-nous rapidement liés d'amitié ?

Avec l'âge, j'avoue ne plus pouvoir répondre à ces questions avec suffisamment de précision. Par contre, ce que je peux avouer, c'est que nous discutons souvent. Il n'y a pas un sujet qui m'interpelle sans que nous ayons confronté nos points de vue là-dessus et sans que j'en aie, chaque fois, tiré profit.

Non pas que nous soyons toujours d'accord, loin s'en faut. Avec du recul, j'en arrive même à me demander aujourd'hui si Arthur ne prend pas quelque fois un malin plaisir à me titiller !

Quoi qu'il en soit, je ne regrette jamais nos discussions. J'allais dire nos confrontations, voire nos joutes, car j'en tire le plus souvent un enseignement et, bon gré mal gré, nous finissons toujours par trouver un terrain d'entente, serait-ce sous forme de compromis. Toujours ? Disons quasiment toujours car il reste quelques rares dossiers encore sur la sellette, principalement en matière politique !

Et puis, il y a sans doute une différence entre nous deux. Arthur ose parfois dire, même à voix haute, ce que j'hésite à dire, même à voix basse !

*

* *

Le décor de la première anecdote promise ?

La grande calle du Port du Fret, un beau jour d'août 1985, alors que la marée est basse. Arrive une voiture immatriculée 13 (Bouches-du-Rhône), tractant une remorque juchée d'un imposant bateau pneumatique. En moins de temps qu'il ne faut pour l'écrire, l'embarcation est mise à l'eau, la voiture et sa remorque sont consciencieusement rangées sur le bord du quai et notre marin de démarrer en trombe, l'air un tantinet crâneur, dans les vrombissements des cinquante chevaux de son moteur hors-bord.

Retour, quelques heures plus tard de notre héros, marin méditerranéen ou d'eau douce, qui se met à hurler :

– « *Mais où est ma voiture ? On m'a volé ma voiture et ma remorque !* ».

On l'aura deviné ! Voiture et remorque gisaient par trois mètres de fond, submergées par la marée qui, elle, n'avait pas attendu pour remonter !

Si la deuxième anecdote ne vaut pas son pesant d'or, heureusement pour ses protagonistes, elle n'en a pas moins un certain prix, comme on va pouvoir le constater !

J'habitais alors à Nantes avec ma famille. Nous décidâmes, un jour de juillet 1970, un de ces jours radieux comme sait en faire la Loire-Atlantique, d'aller nous balader à l'Île de Noirmoutier-en-Mer.

Le rituel en était bien réglé. Départ en voiture à l'heure permettant, dès que la mer descendante s'était suffisamment retirée, de franchir le fameux "*Passage du Gois*", route gallo-romaine millénaire, pavée d'origine, seul cordon ombilical, sur un peu plus de quatre kilomètres, entre le continent et l'île, avant la construction d'un pont en 1971. Puis, déjeuner rapide et donc frugal dans un restaurant du cru. Enfin, retour avant que le flux ne vienne recouvrir inexorablement le passage.

Malgré les apparences je considère cette route comme faisant partie intégrante du plancher des vaches, depuis que j'ai surpris un paysan, profitant d'une basse mer d'une bonne amplitude, en train d'amener, au bout d'un "*bout*", comme disent les Bretons en insistant bien sur le "*t*", sans doute dans sa nouvelle étable insulaire – en tout cas ça en avait vachement l'air ! – une Blanchette quelconque, aux pis généreux, qui, du reste, d'un pas nonchalant à trois temps – "*padiplop, padiplop, padiplop...*" –, acceptait la situation apparemment avec une résignation à la fois toute bête et toute philosophique, persuadée qu'elle devait être, à coup sûr, que son cornac entendait ainsi lui éviter une traversée en bateau et un méchant mal de mer qui n'aurait pu que lui faire tourner le lait !

Au restaurant, où l'unique et pitoyable serveuse était manifestement dépassée par les événements, voyant le temps passer et arriver le moment où il nous faudrait passer la nuit dans un hôtel du coin, je lui ai proposé le marché suivant : ou bien steak – frites pour tout le monde et tout de suite ou bien rien du tout. On se rattraperait au premier bled venu sur le continent !

Une fois le repas avalé, sur le chemin du retour, le fait est que la mer n'était plus très loin et qu'il était temps par conséquent de passer de l'autre côté, mais bien vivants.

Arrivés là, nous allions évidemment assister, parmi de nombreux autres badauds, au "*spectacle*", assez prenant, il faut le reconnaître, d'une route que l'on vient d'emprunter et que l'on voit disparaître, d'abord lentement, puis de plus en plus vite, sous les flots au courant impressionnant.

La route commençait juste à être mouillée qu'arrive une grosse berline qui la parcourt à travers une belle gerbe d'eau. Puis arrive une... 2 CV. Oh, la gerbe d'eau ne fut pas moins prétentieuse ! Tout le monde s'était tu. On entendait voler les mouches bien qu'il n'y en eût point ! Et puis, ce qui devait arriver arriva. En plein milieu du Gois, une dérisoire petite bagnole, au moteur noyé, qui n'allait pas tarder à devenir une ridicule petite épave au milieu de l'océan, avant de disparaître à jamais !

En descendent, pêle-mêle, vu de loin mais néanmoins assez distinctement, une mémé, un couple, deux enfants de 8 ou 10 ans et un bébé dans les bras de l'homme ! Et les voilà partis, les enfants accrochés aux basques des adultes, vers un des refuges qui jalonnent le passage tous les 400 mètres environ. Il s'agit de constructions sommaires, comprenant un socle conique de pierres et de ciment, prolongé d'un gros pylône en bois, surmonté, une fois sur deux, d'une plateforme à laquelle on accède par une échelle.

L'eau arrivait déjà à mi-mollets des adultes. La moindre chute eut été fatale, compte tenu du courant. Ma paire de jumelles volait de mains en mains. Bref, voilà nos naufragés sains et saufs, au moins provisoirement, sur le premier niveau de leur perchoir !

Du coup les langues se délient. Chacun y va de son commentaire. J'avise un des gendarmes qui étaient là, afin de lui demander pourquoi l'accès au passage n'est pas tout simplement interdit à partir d'un certain moment. Je m'entendis répondre qu'il y avait des écriteaux avertissant le public du danger, que ceux-ci se voyaient facilement, qu'ils étaient même « *traduits en étranger* », que « *après tout les gens sont quand même responsables* », que « *on a bien essayé d'intervenir mais ça a fait des histoires* » et puis que le préfet avait décidé que « *ce serait comme ça* » !

En lisant ces lignes, mon ami Artur, qui n'a pas, il est vrai, une admiration débordante pour la maréchaussée ou, du moins, pour le niveau de certains de ses membres, ne peut s'empêcher de sourire en se rappelant avoir surpris un jour cette conversation entre un gendarme et son supérieur, lors d'une tournée en rase campagne, le premier pointant son index vers le ciel :

– « *Oh, brigadier ! Regardez, une hélicoptère !* ».

– « *Non, gendarme, ce n'est pas une mais un hélicoptère !* ».

– « *Alors vous, chef, on peut dire que vous en avez de sacrés bons yeux !* ».

Ou encore, un peu plus loin, cette envolée du même gendarme, qui venait de repérer un gros spécimen d'une spécialité locale :

– « *Oh, brigadier ! Regardez ce morceau d'escargot ! Il en faudrait pas beaucoup pour faire une douzaine, hein ?* » !

Mais que devenaient donc nos naufragés du Passage du Gois, sur leur îlot de fortune ? Il fallait bien, "*quand même*", que leur aventure comportât un acte II.

En effet, profitant de la marée montante, les pêcheurs professionnels, au sortir de la Baie de Bourgneuf, passent entre le continent et l'île, pour éviter d'avoir à contourner celle-ci, avant de prendre le large. L'un des bateaux est alors légèrement dérouté de son cap et s'approche de notre refuge habité. Vu la distance et le bruit des flots on n'entendait rien de ce qui se disait si ce n'est que ça discutait ferme à en croire les gesticulations.

Un moment s'écoule, qui parut à tout le monde bien long, avant que le bateau n'entame une manœuvre ressemblant à un départ !

– « *Mais… !* », s'écria tout le monde, d'une seule voix vers les gendarmes.

– « *Vous faites pas d'bile* », répond l'un d'eux d'un air blasé, « *ils sont en train de négocier !* ».

Eh bien, oui ! Ils négociaient le prix du sauvetage !

Finalement, nos imprudents embarquèrent et le pilote les déposa au Port de Fromentine, avant de reprendre le large.

– « *Et la voiture ?* » me hasardai-je encore auprès d'un gendarme.

– « *Eh bien, elle finira, comme toutes les autres, dans la fosse !* ».

Et il est vrai qu'il y a, près du Passage du Gois, côté ouest, une fosse marine où le courant a aménagé un cimetière de carcasses de voitures !

En guise de chute, on pourra toujours se dire que tout est bien qui finit bien et se demander… si les assurances ont remboursé !

Chapitre premier

Ah, mes aïeux !

À Grégoire (1490-1560 environ)
et à Estienne "de Puaux",
mes plus anciens aïeux découverts.

1
Mes recherches généalogiques

Puisque j'ai entrepris d'écrire une biographie "*familiale*", autant débuter, sinon par le commencement – d'ailleurs lequel ? – du moins le plus loin possible.

Il était donc une fois, dans une contrée de la Gaule très profonde, une tribu, qui…

Il n'empêche que, mon tempérament étant ce qu'il est, je ne sais pas faire les choses à moitié, dès lors que j'ai décidé de les entreprendre. Mon ami Arthur me met en boîte, dans une de ses parodies d'alexandrins :

"*Ou je fais ou j'fais pas mais, si j'fais, j'fais à fond*" !

En conséquence, les recherches généalogiques sur ma famille dans lesquelles je me suis lancé, je l'ai fait en y consacrant je ne sais plus combien de lettres, de coups de téléphone, de démarches en préfectures et en mairies, combien de temps en études bibliographiques et en visites à des amateurs spécialistes, avec à chaque fois un accueil sympathique, à croire que le sujet rend ses mordus fraternels !

Pour être franc, j'ai été beaucoup aidé, du moins quand j'ai découvert l'existence de généalogistes ayant planché sur des branches collatérales. Ainsi en a-t-il été de la généalogie Puaux figurant dans le "*Recueil Général de la Bourgeoisie Ancienne*" d'André Delavenne, édité à Paris en 1954, ou dans le "*Bulletin de la Société d'Histoire Protestante Française*", publié depuis 1853, notamment son numéro de 1925…

Mais pourquoi donc cette marotte généalogique ?

Certainement pas parce que je croirais, un seul instant, à une quelconque innéité chez l'humain, ni à une prédisposition, surtout intellectuelle, qui l'emporterait sur l'acquisition et le mérite, ni donc à une lignée héréditaire, au demeurant privilégiée ou non, ni, encore moins, à ce que je considère comme des fadaises, telle par exemple que le syndrome de l'anniversaire.

Mon ami Arthur ajoute que, si atavisme il pouvait peut-être y avoir, n'en déplaise à certaines thèses eugénistes, il serait vite balayé par l'éducation.

Et puis, quand on se livre à ce type d'exercice, on le fait pour le meilleur et pour le pire. En effet, on risque d'être parfois surpris, mais pas forcément dans le bon sens du terme !

Comme il faut un commencement à toute chose, "*l'Assemblée Générale Protestante*" de mars 1586 à Privas, aujourd'hui chef-lieu du département de l'Ardèche, comptait parmi ses membres un certain Claude Puaux, délégué de Vallon, devenue Vallon-Pont-d'Arc.

Bref – façon de parler en matière de généalogie – pour m'en tenir à ma propre lignée, à défaut d'être sorti de la cuisse de Jupiter, cela me fait une belle jambe de savoir que :

– Jacques Puaux est né vers 1630, qu'il demeurait à Saint-Etienne-de-Serre (lieu-dit Le Crouzet), qu'il y est décédé le 23 janvier 1694 et qu'il se maria devant un ministre protestant, "*d'où*", selon l'expression consacrée des généalogistes :

– Jacques, "*ménager*", né vers 1650, demeurant également au Crouzet, qui épousa Jeanne Chambon, d'où :

– Jean Jacques, né le 4 juin 1690, d'où :

– Jacques, né entre 1710 et 1720, "*filateur de cocons et marchand de soie*", demeurant à Gluiras (Moulin de Tizonnèche), qui épousa Marie-Anne ou Marianne Bouret vers 1735, d'où :

– Jean Pierre, né vers 1740 et décédé le 20 août 1820, demeurant à Tizonèche, puis propriétaire à Saint-Sauveur-de-Montagut (lieu-dit Danton ou Danthon), filateur et marchand de soie, receveur des tailles, qui épousa le 15 septembre 1784 à Saint-Pierreville, devant Maître Dausson, notaire, Jeanne Marie ou Marie Bonnet, de Saint-Vincent-de-Durfort, près de Privas, d'où :

– Louis, né le 13 juillet 1785 et décédé le 22 mai 1852, filateur et marchand de soie, propriétaire à Danton, qui épousa en 1809 Marguerite Rey (1784-1869), de Saint-Sauveur-de-Montagut (Théoulier), fille d'un capitaine de la gendarmerie nationale, conseiller municipal, d'où :

– Alexandre Victor (dit "*le Papa Victor*" dans la famille), né le 19 octobre 1824 à Danton et décédé le 16 août 1912 à Gluiras, instituteur puis expert géomètre, adjoint au Maire de Gluiras, où il habitait "*une spacieuse maison*", qui épousa, le 9 septembre 1848 à Gluiras Marie Rosalie Adèle Comte (dite "*la Maman Adèle*"), née en juillet 1826 et décédée le 19 avril 1907, d'où :

– Albert Napoléon Eugène, né le 6 février 1869 à Gluiras où il mourut le 31 janvier 1935, expert géomètre et agent général d'assurances, conseiller municipal, qui épousa le 12 août 1898 à Silhac (Ardèche) Clémence Thyrza Grousson, fille de Henri, cultivateur, et de Julie Lacroix, née le 15 décembre 1870 et décédée le 15 juin 1956 à Gluiras, veuve en premières noces de Jean Pierre Lafont, décédé le 9 novembre 1893 sans descendance, d'où :

– Frank, né à Gluiras le 19 décembre 1901, décédé le 22 août 1954 à Alep (Syrie), diplomate, chevalier de l'Ordre national de la Légion d'Honneur, médaillé de la Résistance Française, chevalier de l'Ordre de Léopold (Belgique), qui épousa le 26 septembre 1928 à Tientsin (Chine) Isabelle Marie Louise Lamy, née le 24 juillet 1899 à Sens (Yonne), décédée le 30 octobre 1991 à Paris, médaillée de la France Libre, fille de Frédéric Constant Napoléon, administrateur de société, et de Linda Amélie Gillet, d'où :

– Pierre Henri, né le 9 septembre 1932 à Düsseldorf (Allemagne), inspecteur général de l'industrie et du commerce (administration centrale du ministère de l'économie et des finances), chevalier de l'Ordre national du Mérite, qui épousa le 26 juin 1965 à Clamart (Hauts-de-Seine) Line Suzanne Jacobs, née le 1er juin 1943 à Versailles (Yvelines), décédée accidentellement le 9 septembre 1993 à Paris…

…faute de qui la présente biographie n'existerait pas !

Ouf ! Soit une douzaine de générations, en ajoutant celles de mes propres enfants et petits-enfants, soit environ 375 ans, soit, encore, une moyenne d'un peu plus de trente ans par génération. Comme je l'ai laissé entendre, cette tirade n'a rien de passionnant en soi, si ce n'est pour son rejeton, et, encore, ne suis-je parti que de l'an de grâce 1630 !

Les recherches généalogiques présentent de nombreux autres intérêts que celui, assez relatif, d'aboutir à une lignée toute bête de géniteurs, malgré le respect qu'on leur doit, y compris, le cas échéant, eu égard à leur notoriété.

C'est pourquoi je ne vis nullement comme un quelconque problème le fait que la mienne, de lignée, vienne à s'éteindre, côté "*mâles*", comme l'envoi de mon ouvrage l'a déjà laissé entrevoir.

Une véritable généalogie devrait donc également intégrer les lignées côté "*femelles*". D'ailleurs, entre nous, ce sont même ces lignées là qui présentent les meilleures garanties d'authenticité en matière de descendance, mais, alors, le travail devient titanesque et j'avoue avoir reculé.

C'est dommage, n'en déplaise, comme le pense mon ami Arthur, à certains intégristes, vu le mépris qu'ils affichent pour la gent féminine.

Et Arthur d'insister, à propos de l'authenticité de la descendance, sur les anecdotes de substitution de bébés, rarissimes il est vrai, et sur celle de cette supplique au Tout Puissant d'une association féministe :

– « *Seigneur, nous portons depuis la nuit des temps ! Ne serait-ce pas au tour des hommes ?* ».

– « *Mes ouailles, malgré tout l'amour que je vous voue, ce n'est pas possible, vu vos configurations morphologiques respectives, telles que je les ai conçues. Par contre, pour vous être agréable et compte tenu de ce que l'homme porte sa part de responsabilité dans le péché originel, Je ferai en sorte que ce soit lui qui ait désormais les douleurs, dont je vous rappelle qu'elles sont indispensables !* ».

Le temps passe et voilà un couple dont elle est enceinte depuis neuf mois révolus et qui, commençant à ressentir les symptômes d'une proche délivrance, s'impatiente auprès de son mari :

– « *Alors, chéri, tu ne ressens vraiment rien ?* ».

Coup de sonnette à la porte. C'est la voisine, toute affolée :

– « *Venez vite, mon mari se tord de douleurs !* ».

D'après Arthur l'expérience cessa avec la découverte de l'ADN !

Il conclue que, dès lors qu'il faut s'y prendre à deux pour contribuer à perpétuer une lignée, de préférence de sexes, sinon opposés, du moins différents mais… complémentaires, et, ceci, sous toutes les latitudes et sous toutes les religions, il aimerait bien qu'on lui justifiât à quel titre chaque participant(e) n'aurait pas rigoureusement les mêmes devoirs mais aussi les mêmes droits.

Pour en revenir à ma friandise, c'est grâce à elle que j'ai pu découvrir que le berceau de ma famille s'est situé, durant trois siècles, pratiquement dix générations, et même certainement bien avant, dans un petit quadrilatère d'à peine 25 à 30 km^2 (à "*vol d'oiseau*" !), délimité, au Sud, par Saint-Etienne-de-Serre, à l'Ouest, par Saint-Pierreville, à l'Est, par Saint-Sauveur-de-Montagut et, au Nord, par Gluiras.

On est en Ardèche, en plein Vivarais, au contrefort des Cévennes septentrionales, en un pays dénommé "*les Boutières*", ce qui n'empêchait évidemment pas d'aller chercher femme parfois plus loin. Aussi, ai-je donné à ma branche généalogique le nom de "*branche des Boutières*".

On fait remonter ce nom à l'époque où les muletiers traversaient le pays avec leur chargement de "*bouterias*", nos outres d'aujourd'hui, dans lesquelles ils allaient vendre huile et vin. Pays de transition entre le Rhône et les Cévennes, très varié et plein de nuances, voire de contrastes, avec ses gorges rocheuses, ses ravins, ses torrents, ses pentes douces, ses coulées de lave, ses plaines alluviales, ses talwegs plus ou moins étroits, ses croupes, ses plateaux, ses adrets et ses ubacs, hauts de 100 à 1.000 mètres…

Et l'Ardéchois ?

Comme beaucoup d'entre nous, une grosse louche d'éléments autochtones gaulois, puis, au gré des invasions successives par le "*boulevard*" de la vallée du Rhône, une pincée de Celtes, une pincée d'Ibères, une pincée de Ligures, une pincée de Latins, une pincée de Sarrasins et, aujourd'hui, une pincée de… touristes ayant fait souche. À ce propos, en 1970 déjà, en vacances dans le coin avec ma famille, je me suis un jour fourvoyé en voiture sur une petite route de montagne où il était impossible de faire demi-tour et qui n'en finissait pas de grimper, pour nous amener enfin dans un village racheté en totalité par… des Hollandais ! Pour autant, il ne faut pas négliger, désormais, après l'exode rural généralisé, une tendance chez le Français, malgré certains échecs, à revenir à la terre, comme le souligne le démographe Hervé Le Bras dans son ouvrage "*Les quatre mystères de la population française*", où il n'hésite pas à annoncer "*la fin du désert français*".

Une fois tracée la direction maîtresse de son autoroute généalogique, il arrive assez souvent que l'on prenne, sans le vouloir, des bretelles collatérales, celles des oncles, des tantes et des cousins germains, ou celles des grands-oncles, des grand-tantes et des cousins issus de germains… On fait leur connaissance à cette occasion, à défaut de n'en avoir jamais entendu parler auparavant ou, en tout cas, très peu ! Ainsi, mes arrières grands parents, "*la Maman Adèle*" et "*le Papa Victor*", ont-ils eu, outre le garçon qui est devenu mon grand-père Albert, pas moins de sept filles, toutes mariées et, je crois savoir, pourvues d'une multiple descendance !

Ce qui m'a amusé le plus, dans mes pérégrinations, c'est de découvrir, dans une région de la France profonde, grâce à des "*registres du Désert*", état civil des huguenots tandis que leur religion était purement et simplement interdite, et grâce à des actes notariés, qui contiennent souvent de véritables mines de renseignements, le mode de vie de mes ancêtres et, surtout, génération après génération, son évolution, très lente au début puis uniformément accélérée. Autrement dit, comme le traduit plus prosaïquement mon ami Arthur :

– « *Ça bouge de plus en plus vite* » !

Mais pour bien mener ce genre d'exercice et, surtout, pour déguster la friandise en en découvrant, en en appréciant toutes les saveurs, il est indispensable de faire la connaissance de Jean-Louis Beaucarnot. En effet, il est une autorité incontestablement incontournable en matière de généalogie, notamment à travers ses nombreux ouvrages sur le sujet. C'est ainsi qu'il a su, en particulier, décrire à merveille "*Qui étaient nos ancêtres ? – De leur histoire à la nôtre*" (JC Lattès, janvier 2004). Il est indispensable de s'imprégner de cet ouvrage, à la bibliographie et aux sources impressionnantes, pour tirer pleinement profit d'une éventuelle curiosité sur l'origine de sa famille.

Ainsi encore, on y apprend, par exemple, que nos patronymes sont nés au XIIIème siècle avec une orthographe chancelante, parfois jusqu'à la fin du XIXème, voire au début du XXème, puisque – illettrisme oblige – ils se transmettaient souvent de bouche à oreille.

En ce qui concerne le mien, de patronyme, d'après des études étymologiques sérieuses, le nom "*Puaux*" a, comme bien d'autres, une origine géographique. En l'occurrence, il s'agit de "*puy haut*" (montagne haute), le mot "*puy*" ayant fait son apparition dans notre vieux français au XIème siècle. C'est, après des déformations orales successives, que l'appellation s'est stabilisée au Moyen Age. Il existe de même – il suffit de feuilleter des annuaires téléphoniques – des "*Puybasset* " ou autres "*Puycourt*", "*Pujol*"...

Jean-Louis Beaucarnot nous explique que jusqu'aux XVIIème et XVIIIème siècles, avant la Révolution, plus de 95 % de nos ancêtres étaient des ruraux, paysans laboureurs dans leur grande majorité, essentiellement au sein de seigneuries, et qu'ils vivaient là, en quasi-autarcie, les échanges commerciaux commençant à peine à se développer, aux antipodes de notre société de consommation.

Par ailleurs, la société était alors très hiérarchisée et imbibée d'une religion omni présente, avec son lot de superstitions. Les gens d'église, innombrables, réguliers ou séculiers, s'évertuaient, à qui mieux-mieux, de rentrer en contact avec le bon Dieu à force de prières et d'une multitude de messes. Les seigneurs, quant à eux, ils guerroyaient et défendait la roture, grâce à ses contributions en espèces (impôts divers) et en nature, dont l'Eglise avait eu également sa part, dans un milieu particulièrement hostile, fait de rapines et autres guets-apens, sans compter les désastres naturels, les épidémies…

"*Chez moi*", on est passé d'agriculteur à artisan et commerçant soyeux, vu l'époque et le lieu, puis à profession libérale (expert géomètre ou notaire), puis à fonction publique, de percepteur d'impôts à instituteur, avec de temps en temps un mandat municipal, pour finir diplomate ou inspecteur général d'une administration centrale de l'Etat. Il fut un temps où nous étions trois Puaux au Quai d'Orsay, avec les pérégrinations épistolaires que l'on peut imaginer !

À propos de la soie, c'est grâce à la culture du mûrier, "*l'arbre d'or*", et à l'élevage du bombyx dans les "*magnaneries*", où il était "*encabané*", lesquelles faisaient partie intégrante des fermes et mettaient à l'œuvre toute la famille, que mes ancêtres ont franchi un pas décisif, fin XVIIème siècle, début XVIIIème, dans leur émancipation, en leur permettant d'être moins tributaires des servitudes de la terre et même de devenir propriétaires de leurs entreprises.

Après nous avoir démontré, le plus sérieusement du monde, que, par la force des choses, nous descendons tous de Charlemagne, nous tous ou presque, "*Qui étaient nos ancêtres ?*" nous promène dans leur vie quotidienne, de façon parfois à ce point intime que l'on se demande si l'auteur ne tenait pas la chandelle ! Il n'en oublie pas pour autant, autre intérêt de l'ouvrage, de nous rappeler sans cesse le contexte social, économique, culturel et politique de leurs avatars, sinon des véritables bouleversements qu'ils ont vécus : épidémies, apparition des classes dans la population, enrichissement de la bourgeoisie, accession à la propriété immobilière, diminution de la mortalité infantile, trop plein démographique des campagnes, exode rural, industrialisation, émergence de groupes professionnels, développement des moyens de transport, urbanisation, érosion des liens humains, anonymat dans les agglomérations, solitude, résistible évolution de la condition féminine…

Un bref aparté, me demande mon ami Arthur, à ce propos, pour poser une devinette :

– « *Comment se met au masculin la phrase "une femme debout dans la cuisine en train de préparer le repas ?* » !

Simple, même si les choses sont sans doute en train de changer :

– « *Un homme assis dans le salon en train de regarder la télévision* » !

Chez nos ancêtres, la femme était entièrement soumise à l'homme même si leurs rôles respectifs étaient sans conteste bien délimités, ce qui fait encore dire à mon ami Arthur que, si certains pays sont en train de traverser leur Moyen Age, ils s'en sortiront sans doute, on peut l'espérer, plus rapidement que nous du nôtre !

Dans la plupart des cas en milieu rural, tout le monde vivait dans une pièce unique, à la fois cuisine, salle à manger, séjour, chambre à coucher, avec des lits clos pour atténuer la promiscuité, et, à l'occasion, salle de bains… Ainsi étaient résolus le problème de l'éclairage et, en hiver, celui du chauffage, grâce aux chandeliers et à la cheminée, souvent imposante.

Grâce à Beaucarnot, toujours, on se fait une idée assez précise de la façon dont nos ancêtres se vêtissaient, d'autant d'épaisseurs que nécessaire, dont ils se soignaient ou plutôt ne se soignaient pas ou, en tous cas, très mal, dont ils se nourrissaient, également très mal, avec la place privilégiée que tenaient la soupe et le pain, longtemps aussi noir que le seigle qui le composait en grande partie. Chez mes ancêtres, évidemment, au pays de "*l'arbre à pain*", la châtaigne était renne, grillée, bouillie, écrasée, salée, sucrée…

L'hygiène laissait autant à désirer que l'eau n'était pas courante, qu'il fallait donc l'aller quérir, à la source, au ruisseau, à la fontaine, et que les épidémies sévissaient.

Enfin, autre charme de l'ouvrage de Beaucarnot, il est truffé de dictons et d'expressions pittoresques, aux origines souvent aussi insoupçonnées que cocasses.

2
Le lieu-dit "*Puaux*" et… sa mise sous verre

Grâce à d'anciens actes notariés, j'ai découvert, vers la fin des années 1960, que le lieu-dit "*Puaux*" existe en fait depuis fort longtemps, à la sortie de Saint-Pierreville, un peu en retrait de la départementale 211 qui mène à Saint-Sauveur-de-Montagut, le long de La Veyruègne, petit cours d'eau enjambé à cet endroit par un pont en pierres de taille, construit pour durer une éternité.

Je m'y suis rendu peu après pour constater qu'il s'agissait d'un vaste domaine, comprenant, entre autres, des prés, un bois de châtaigniers à flanc de coteau et une vieille masure, abandonnée, délabrée, éventrée à tous vents et jonchée de vieux papiers, ferme où certains de mes ancêtres avaient donc jadis habité, dernièrement occupée par un quidam – caprice des héritages successifs – qui venait de décéder. Quand je me suis intéressé à la propriété de ce hameau, j'ai appris qu'il venait d'être acheté par un cousin, autre Puaux ! Son fils a précisé en 2011, dans le périodique des "*Amis de Saint-Pierreville*", que la démarche avait le sens profond de rétablir une continuité interrompue depuis plusieurs siècles. Le fait est, au demeurant, que les lieux ont été magnifiquement restaurés, comme on peut le voir un peu plus loin.

L'accession au statut de propriétaire foncier en milieu rural, après le Moyen Age où seuls pouvaient s'en prévaloir la noblesse et le clergé, fut un long parcours de plusieurs générations, généralement rythmé par trois étapes de durée variable en fonction des circonstances et de la conjoncture économique locales. On passait de journalier, ouvrer saisonnier, à métayer, locataire à charge de partager la production, puis à "*agriculteur – artisan – marchand*". L'aubaine pour certains paysans ardéchois fut évidemment la soie.

La question qui se pose ici est celle de savoir si c'est le lieu-dit qui a donné son nom à l'occupant ou si c'est l'inverse qui s'est produit. A-t-on affaire à la dialectique de l'œuf et de la poule ?

À une époque où l'état civil n'était pas encore institutionnalisé, ce qui donne aux actes notariés toute leur valeur, inestimable pour les recherches généalogiques, il faut sans doute privilégier le premier cas de figure. C'est ce qui explique que les actes auxquels je fais allusion citent Grégoire et Estienne "*de Puaux*". Et puis, avec le temps, le nom du lieu-dit a pu devenir "*naturellement*" le patronyme de celui qui l'habitait !

La difficulté est alors de déterminer avec précision à partir de quand la coïncidence s'est opérée. C'est d'autant plus délicat que d'autres actes notariés, également très anciens, citent "*Untel Puaux de Puaux*", avec deux conséquences logiques. À côté de quelqu'un qui portait le patronyme et qui était domicilié au lieu-dit, on pouvait avoir quelqu'un qui avait un autre patronyme mais qui habitait au même endroit ! À l'inverse, tous les Puaux n'habitaient évidemment pas le même lieu-dit !

L'intérêt d'un lieu-dit est donc de servir de point de départ, sachant qu'il n'y avait pratiquement, à l'époque que très peu de mobilité géographique au sein des familles, sauf circonstances particulières.

Quoi qu'il en soit, le lieu-dit "*Puaux*" figure déjà bel et bien sur la "*carte de Cassini*", établie il y a trois siècles et éditée aujourd'hui par l'Institut Géographique National, qui en donne les explications suivantes :

« *Carte géométrique de France, dite "Carte de Cassini" ou "Carte de l'Académie", à l'échelle de 1 ligne pour 100 toises* » (soit 1/86.400).

Dressée de 1683 à 1744 par César Cassini de Thury (Académie Royale de Sciences), sur ordre de Louis XV, il s'agit de la plus ancienne carte topographique de la France entière. Elle est aussi la première dans le monde à avoir été établie à partir d'une triangulation géodésique.

La gravure sur cuivre, entreprise en 1750, ne fut terminée qu'en 1815. De nombreuses additions ou corrections, portant essentiellement sur les voies de communication, furent apportées aux planches de gravure entre 1798 et 1812. Malgré certaines imperfections (planimétrie incomplète, nivellement sommaire et imparfait), l'œuvre est immense et remarquable. Elle a rendu de grands services jusqu'au milieu du XIXème siècle.

Les cartes de Cassini contiennent tout un véritable poème, avec leurs "*caractères géographiques*", comme par exemple, pêle-mêle, "*villes et bourgs, routes pavées et chemins, rivières et ponts, dunes et montagnes, bois et forêts, bruyères et landes, auberges et cabarets, maladreries et cimetières, flots qui représentent les vagues de la mer, châteaux, tours, hameaux, gentilhommières, fiefs, maisons de plaisance, maisons de campagne, métairies, fermes, ruines, cabairnes* [?] *ou vacheries, tuileries, fours à chaux, moulins à vent, moulins à eau, corps de garde, batailles gagnées, batailles perdues, champs de bataille, justices...*". Ajoutons-y les "*signes ecclésiastiques*", tels que "*paroisses, abbayes d'hommes, abbayes de femmes, oratoires, couvents, presbytères, prieurés, commanderies, chapelles, croix...*" et Dieu sait s'il y en avait !

J'ai acheté la carte de "m*on*" lieu-dit, en taille douce, impression spéciale qui lui donne encore plus d'allure, et je l'ai mise sous verre, de façon originale, dont voici la recette.

On demande à son vitrier habituel (ou à un autre) de découper deux feuilles de verre de deux millimètres d'épaisseur, dont une "*anti-reflets*", qui viendra devant, après avoir calculé leurs dimensions de telle sorte qu'elles dépassent celles de la gravure. La marge est affaire de proportions, de forme et... de goût que je situe, pour ce qui me concerne, entre 8 et 10 centimètres. On place la gravure entre les deux feuilles de verre, bien au centre, en prenant grand soin de ne pas emprisonner de traces quelconques, notamment des traces de doigt, et on cercle ce "*sandwich*" avec des baguettes sobres, en chêne massif, brut ou teinté, par exemple en chêne doré, rigoureusement coupées aux bonnes dimensions dans une boîte à onglets, puis reliées entre elles avec de la colle à bois "*du Faubourg* ", extrêmement solide et invisible après séchage, dans lesquelles viendront se visser les pitons d'accrochage. Si nécessaire, vu le poids, on peut consolider les quatre angles avec de discrètes équerres métalliques placées à l'intérieur et diminuer l'élasticité du verre en collant une plaque de carton rigide sur la face arrière, évidemment plus petite que la gravure. Enfin, grâce à un petit aimant placé dans une encoche pratiquée avec précision sur le carton arrière, on place, autour du nom que l'on veut mettre en exergue, un anneau métallique de la taille appropriée, qui semble ainsi tenir par l'opération du saint esprit !

Effet garanti, surtout sur un mur uni !

J'ai entrepris le même travail avec la carte de Cassini où figure le lieu-dit "*Pen An Ero*", à Crozon, dans ma Bretagne d'adoption, que nous avons choisie, avec ma femme, faute d'avoir trouvé la mer, en Ardèche !

Là où ça se complique, c'est que Pen An Ero se trouve au bord d'une planche et que je dois logiquement lui ajouter la suivante. L'IGN m'a fait un savant découpage pour que je puisse juxtaposer les deux cartes dans un même sous-verre, mais, vu les dimensions et le poids de l'ensemble, j'ai dû tricher. Je l'avoue mais à condition que ce ne soit pas répété : j'ai remplacé le verre par du plexiglas !

*

* *

À propos du bricolage, j'ai souvent discuté avec mon ami Arthur de l'adage selon lequel chacun de nous tous serait, soit plutôt "*manuel*", soit plutôt "*intellectuel*", car les deux seraient, parait-il, quasiment inconciliables ! Arthur estime que ce serait quand même vite oublier certains métiers comme par exemple celui de chirurgien. Et puis, quid du peintre, du sculpteur, du musicien ou de certains artisans, encore que, ajoute-t-il, tout en se gardant de jouer à l'avocat du diable, on pourrait sans doute, dans ces domaines, distinguer l'inspiration artistique, qui mobilise les neurones sensitifs, de la réflexion, qui fait davantage appel à ceux de l'analyse.

Quoi qu'il en soit, il est vrai, qu'on le veuille ou non, que l'on est plus ou moins adroit de ses mains, voire carrément plus ou moins maladroit !

Raison de plus d'ailleurs pour que le bon bricolage se fasse autant avec la tête qu'avec les mains !

Toutefois, dans un passé qui n'est pas si lointain, l'adage a été à ce point répandu et tenace que l'on a pu aller jusqu'à en faire un principe. Ma mère disait par exemple de mon père, qui, il est vrai, acceptait avec une certaine complaisance, voire avec une certaine fierté, de n'être guère habile de ses mains, qu'il serait mort de faim à coté d'une boîte de conserve et d'un ouvre boîte ! Lui qui était droitier, ma mère disait qu'il avait une main gauche à chaque bras, ce qui ne l'empêchera pas d'écrire comme on va s'en apercevoir !

En fait, nous sommes convaincus avec mon fidèle interlocuteur que cela est tout simplement affaire d'apprentissage et de pratique, d'autant plus que le bricolage se répand aujourd'hui de plus en plus, au point de frôler parfois le snobisme.

Par contre, quand je suis branché sur un sujet de réflexion, je suis totalement incapable de mener de front un autre chantier. C'est la raison pour laquelle je lis et j'écris très lentement mais je ne m'en plains pas car il en résulte une très bonne mémoire de tout ce que j'ai pu ainsi assimiler. Napoléon était-il vraiment capable de se pencher en même temps sur plus d'un dossier, comme on le dit, ou bien cette sorte d'ubiquité intellectuelle fait-elle partie de sa légende ?

Ces réflexions sur la concentration réveille un leitmotiv récurent chez mon ami Arthur, en lui rappelant ces gamins en train de faire leurs devoirs d'école à côté d'une télévision grande ouverte !

Le hameau de "*Puaux*" en 2010

3
L'Ardèche sauvage

Pour en revenir, sinon à nos moutons, du moins à une chèvre ardéchoise, voici ce qui est arrivé à cette pauvre biquette, victime d'une nature sans merci !

Lors d'une de mes nombreuses vacances estivales d'enfance à Gluiras, nous étions en train de nous baigner en famille, dans l'Eyrieux ou la Glueyre, rivières avec de confortables trous d'eau creusés, au fil de millénaires, par l'action conjuguée du courant et des roches qu'il charrie, où l'on pouvait encore nager sans risquer d'avaler des pesticides, un de mes frères, attiré par une paire d'yeux, fit une découverte peu banale : une pauvre chèvre, emprisonnée entre les rochers qu'elle avait dû déstabiliser par son passage et dont elle avait provoqué l'éboulement. Elle avait échappé aux recherches de son berger, dans une nature particulièrement accidentée et rude. Elle était là assurément depuis assez longtemps pour n'avoir plus que la peau sur les os. Après qu'elle fut libérée, au prix de gros et délicats efforts de tout un chacun, et transportée avec d'infinies précautions, je m'en fus demander à un paysan du cru son avis sur le meilleur moyen de remettre l'infortunée sur ses pattes :

– « *Faut lui donner du vin chaud et bien sucré !* ».

S'agissait-il de la fameuse potion magique, héritée de nos ancêtres Gaulois, propre à guérir tous les maux de la terre, tant de l'espèce humaine que de la gent animalesque ? En tout cas, aussitôt dit, aussitôt fait et la biquette parut apprécier le breuvage, puisqu'elle s'en léchait les babines. Le lendemain, dès potron-minet, je me suis empressé au chevet de la miraculée.

Oh, horreur !

Non seulement elle avait trépassé, mais avec une panse à ce point dilatée, gonflée, boursouflée que je me suis longtemps demandé comment elle n'avait pas littéralement explosé.

Je n'avais très certainement pas dû respecter ni les proportions de la préparation ni la posologie !

L'Ardèche recèle, je devrais ajouter derechef "*encore*", de nombreux paysages majestueux, à la fois d'une rare beauté naturelle et extrêmement sauvages où, au cours de longues promenades, bien entendu pédestres, on ne croise pas âme qui vive mais où, par contre, on peut observer, pour peu que l'on soit silencieux et muni d'une paire de jumelles, une faune très variée : chevreuils, écureuils, oiseaux de proie et même, à ne pas confondre avec les corneilles, des corbeaux, pourtant particulièrement méfiants. Ils le sont à ce point – j'en ai fait l'expérience – que, si on a un fusil en bandoulière, on n'a aucune chance de les approcher, même "*de loin*", comme on dit de façon amusante. Tel n'est plus le cas si on se promène avec une canne, mais, si on fait semblant de les viser avec ce morceau de bois, alors c'est aussitôt la débandade !

Je dois faire ici une parenthèse pour signaler le délicieux roman "*Les hauts cris*", publié en 2008 dans la collection "Orizons" (l'Harmattan) par un ami, Gérard Gantet, qui y raconte les aventures extraordinaires de son héros, digne représentant de ces volatiles, méfiants mais rusés.

Je me souviens avoir même vu de loin un blaireau un jour et, un autre, de plus près, des sangliers avec leurs marcassins, un renard, l'imposant coq de bruyère, des faisans dont les ingénieurs de l'aéronautique se demandent comment ils font, brusquement surpris, pour prendre leur envol à la verticale ou presque !

Un après-midi d'été, mon chien a débusqué sous une grosse roche un serpent annelé, à bandes rouges, jaunes et noires, qui ressemblait étrangement au fameux serpent corail – le vrai, redoutable, ou le faux, son sosie, inoffensif quant à lui – peu importe, car ils n'avaient, l'un comme l'autre, rien à faire là puisque d'ordinaire ils habitent le nouveau monde. Quoi qu'il en soit, il s'est enfui à une vitesse qui, nonobstant la pente, m'a fait découvrir que la reptation, infligée à l'espèce, depuis le temps d'Eden selon les Ecritures, ne constitue nullement un quelconque handicap fusse-t-il punitif !

Et le loup ?

Depuis mon bisaïeul, "*le papa Victor*", on se transmet dans la famille, de bouche à oreille, une drôle d'histoire et peu banale, qui est arrivée à une de ses filles, par conséquent une de mes grand-tantes, au début des années 1900.

Certes, le loup ne courrait-il déjà plus les rues, mais il n'empêche qu'il en restait néanmoins encore bel et bien et en nombre, puisque le dernier, en principe, aurait été tué en 1950, puis exposé au public à la mairie de Mende, en Lozère… avant son retour officiel au début des années 1990 ! En fait, il y a eu entre temps des clandestins en provenance d'Italie. Certes, le loup avait-il la réputation d'un animal méfiant et craintif, ne s'attaquant pas à l'homme, quoique… dans certaines circonstances exceptionnelles… En tout cas, il faisait peur et l'imagination aidant…

Bref, ma grand-tante, qui était institutrice à Gluiras, s'était rendue, un dimanche d'hiver et à une bonne heure de marche, au chevet d'une de ses jeunes élèves que la maladie tenait absente de l'école depuis longtemps. En revenant chez elle, à la nuit tombante, elle eut, à quelques kilomètres du bourg, la sournoise intuition qu'elle était suivie. Elle accéléra le pas en se retourna à tout bout de champ, tant et si bien qu'elle finit par trébucher et choir parterre, se blessant cruellement à un genou sur un caillou tranchant. Elle se mit à saigner en quantité et commença sérieusement à paniquer, à l'idée que la meute de loups, par l'odeur alléchée… Elle déchira un pan de sa jupe pour bâcler un pansement de fortune et mit la main dans une poche de son manteau pour en extraire un mouchoir en guise de bandage. Dans cette même poche elle trouva le paquet de bonbons aux fruits qu'elle avait oublié d'offrir à sa protégée. Elle eut alors une idée qui peut paraître saugrenue ou farfelue, au point de se demander si, du coup, elle n'avait pas raison perdue, consistant à semer régulièrement sur son chemin les bonbons, après les avoir enrobés du sang qui continuait à perler de son genou écorché. Idée saugrenue, farfelue ? Il s'agissait en fait, tout bêtement, d'amener le cousin du monstre du Gévaudan à flairer ces appas, aussi inattendus qu'inconnus, et à perdre à chaque fois un peu de temps à se demander ce que pouvait bien être cette odeur de sang aux fruits qu'il découvrait ! Il s'agissait donc, surtout, de gagner ainsi un temps précieux, ce qui permit à notre héroïne d'arriver chez elle, la peur au ventre et le genou meurtri, mais sans autre encombre.

Le lendemain après-midi, en boitillant – il n'y avait en ce temps là pas de congé maladie ni d'instituteur remplaçant – elle emmena ses classes pour une leçon en plein air… sur ce fameux chemin de mauvais souvenir et tint le langage suivant à ses élèves, petits et plus grands, quelque peu éberlués et médusés :

– « *Si vous trouvez un bonbon parterre, surtout n'y touchez pas ! Contentez-vous de m'appeler et de me le montrer du doigt !* ».

Nenni, il n'en restait pas un seul !

Le loup avait-il fini par se laisser tenter ? Un chien errant, friand de sucreries, était-il passé par là ? On ne le sut jamais !

La gent des papillons est aussi somptueusement représentée en Ardèche, avec, entre autres, "*le flambé*", "*le grand porte-queue*", "*l'apollon*"…, ces merveilles bigarrées de la nature, très connues des lépidoptéristes, qui seraient désormais bien inspirés de mettre fin à leur marotte, comme je l'ai fait moi-même depuis longtemps, lorsque j'ai appris que ces joyaux, déjà rares et menacées, risquaient de disparaître à tout jamais de nos contrées.

Je me souviens encore avoir découvert, une autre fois, à Gluiras, dans une des caves de la maison de famille – vaste domaine en sous-sol, pesamment chargé de mystères, aux plafonds voûtés en pierres de taille, et au sol de terre battue, où j'avais déjà inventé, par hasard, un trésor de quelques vieilles bouteilles d'un vieux vin, enfouies certainement par mon grand-père ou mon arrière grand-père, breuvage devenu nectar avec l'âge, je me souviens donc avoir découvert, blottis dans le clair-obscur, loin des chauves-souris, autres pensionnaires des lieux, un "*grand paon de nuit*" et, peu après, attiré que j'étais par ce vivarium, un "*attacus d'isabelle*", ces papillons nocturnes aux dimensions impressionnantes, aussi beaux que leur nom, parmi les plus dignes représentants de l'espèce, qui jouissent par ailleurs, pour la petite histoire, d'une capacité olfactive leur permettant de repérer leur future compagne à des kilomètres de distance !

Les écrits que j'ai pu consulter, les témoignages que j'ai pu recueillir sur l'Ardèche, mes propres souvenirs d'enfance, mes recherches généalogiques, tout, absolument tout, converge pour me convaincre que la vie de mes agriculteurs d'ancêtres a été particulièrement rude, à l'image du décor, voire parfois intraitable et ingrate. Cela leur a forgé un tempérament trempé de persévérance et d'austérité, voire si nécessaire d'abnégation et d'opiniatreté.

Ajoutons-y des crêtes à la vue plongeante, des vallons à perte de vue, des forêts, des caches naturelles en quantité, autant d'atouts stratégiques se prêtant au maquis ainsi qu'à la guérilla et voila mis en place le contexte de prédilection pour ce qui devait immanquablement arriver !

Dans son ouvrage "*Voyage autour de Privas*" (1882), au chapitre XXIV "*La vallée de l'Eyrieux*", le docteur Francus (pseudonyme de Albin Mazon – 1828/1908 – médecin, journaliste et historien de l'Ardèche) écrit : "*Entre Saint-Sauveur et Saint-Pierreville, en remontant la Glueyre…, le paysage a quelque chose d'imposant dans sa sauvagerie. C'est un de ceux qui font le mieux comprendre le caractère indépendant et mystique de l'habitant des Boutières*" !

4
L'Ardèche protestante

Au cours du XVIème siècle, tout concourut, que ce soit sur le plan historique, sur le plan géographique, sur le plan psychologique ou sur le plan politique, à ce que les Ardéchois, en grand nombre, accueillissent le calvinisme à bras grands ouverts et l'épousassent.

Certes, en raison notamment des dérives et des excès du clergé, dont la pléthore rendait l'institution difficilement contrôlable, la France avait-elle déjà connu des schismes retentissants dans les dogmes, pourtant apparemment bien établis, de "*la sainte Église catholique, apostolique et romaine*" et, de façon privilégiée, dans celui de la papauté. Ainsi en a-t-il été, en particulier, de "*l'hérésie*" cathare à la sortie de la nuit du Moyen Age. D'aucuns pensent même que cette dissidence, qui, jugée comme une rébellion, s'éteignit dans des bains de sang, appelés "*croisades*", n'a pas été sans avoir eu des répercussions en Ardèche et sous la Renaissance, l'une et l'autre toutes proches.

Le protestantisme, toutefois, s'encra définitivement, malgré la répression sanguinaire à laquelle son implantation donna lieu, avant, pendant et après les "*guerres de Religion*". Mon ami Arthur qui, décidément, ne laisse rien passer, me demande :

– « *Pourquoi "définitivement" ?* ».

Il est vrai, je le lui concède, qu'en ce bas monde rien n'est jamais définitif. Il n'empêche que la Réforme en a pris pour longtemps, au point de finir par cohabiter, depuis la Révolution, avec le catholicisme, qui, du coup, a dû cesser de se draper de l'orthodoxie exclusive, par laquelle il a tenté de justifier, pendant des siècles et des siècles, sa barbare intolérance. Oui, mon ami Arthur a raison : rien n'est définitif ici bas, fors les résultats de certaines abominations !

– « *Ainsi soit-il ou plutôt ainsi en a-t-il été* »,

conclue-t-il, en me regardant un peu de travers !

Bref, les "*huguenots*", comme on les appela avec sarcasme pratiquement dès l'origine, en se référant vraisemblablement (l'étymologie reste controversée) à Hugues Besançon, qui dirigeait à Genève, juste avant Calvin, le parti de l'indépendance, hostile au duc de Savoie, et comme les protestants eux-mêmes ont délibérément accepté le surnom, ces huguenots ont fini par imposer leur foi mais à quel prix !

Comme je l'ai déjà souligné, nos ancêtres étaient enracinés dans la religion. L'histoire de ma famille est par conséquent toute imprégnée par le protestantisme. Dans les foyers huguenots, chaque enfant, dès le plus jeune âge, était profondément éduqué dans la foi. L'apprentissage de la lecture une fois mené à son terme, il avait droit à sa propre bible. C'est ainsi que j'ai hérité de celles de mon père, de mon grand-père et de mon arrière grand-père. Il fallait en effet, impérativement, en revenir à l'*Évangile*, à un culte proche des *Écritures*, un culte de l'esprit, dépouillé des fastes et des privilèges que l'église catholique avait cultivés au cours des siècles et qu'elle entendait défendre, fut-ce à coup de féroces inquisitions.

Dès lors que j'avais décidé de réserver un chapitre de mon ouvrage à mes ancêtres, je me proposais naturellement de rappeler quel avait été leur calvaire. Mon ami Arthur, avec qui j'en ai parlé à de nombreuses reprises, toutes plus longues et plus acharnées les unes que les autres, m'en a dissuadé :

– « *Tout a déjà été dit ou écrit et nul n'est besoin d'épiloguer sur un sujet qui, de toute façon, n'intéresse plus grand monde, sans compter qu'il n'est même plus du tout d'actualité* ».

Je lui ai fait valoir que c'était précisément parce que le sujet était tombé dans les oubliettes qu'il fallait peut-être en reparler, d'autant plus qu'il ne cesse de renaître de ses cendres sous diverses formes. Nous nous sommes finalement mis d'accord comme d'habitude : j'en dirais un minimum et, encore, à condition d'essayer d'en tirer un enseignement, y compris si possible précisément d'actualité !

Quoi qu'il en soit, au-delà de ses péripéties, voilà un sujet qui m'a amené à avoir avec mon ami les discussions les plus passionnantes et les plus passionnées. Mais, avant de prendre mon lecteur à témoin, je voudrais lui montrer que le souvenir peut aussi se transcender.

Aux prisonnières de la "*Tour de Constance*", huguenotes arrêtées aux "*Assemblées du Désert*", en particulier à Marie Durand, mon père a dédié, dans son recueil de poésie, "*L'aile du rêve*", que je citerai à plusieurs reprises, ces vers :

Mère (Psaume)

Tu vis dans la trace de celle
Qui écrivait, haut, dans la tour,
– Quand de vils geôliers autour d'elle
La tourmentaient au long des jours –
Avec l'aiguille, dans la pierre,
Le grand mot que l'espoir libère,
Que dans ta foi ardente et fière
Tu proclames dans ta prière.

À Aigues-Mortes, dans la tour
De Constance, Marie Durand
De Pranles prie, clarté d'amour,
Pour exhorter en souriant
Au sacrifice nécessaire,
D'un cœur très doux et sans colère
Ses sœurs amies de Dieu, leur père,
Et du bon Christ, leur divin frère.

Et, pendant près de quarante ans,
Priant jours après jours comptés,
Elle tricote doucement
– Et ses doigts noueux, indomptés,
Gravent sans fin l'appel austère –
Pensant, vaillante prisonnière,
Que le Christ de son haut Calvaire
Nous conforte à l'heure dernière !

Mais, tout en priant : "RESISTER" !
Huguenote ! Le monde écoute
Tes rudes appels exaltés,
Ce mot que le tyran redoute,
Où ton aiguille persévère,
Cette leçon haute et sévère
Pour tous, pour moi, pour toi, ma mère !
En notre terrestre misère.

Le calvinisme, dont les fondamentaux couvaient depuis un certain temps dans plusieurs foyers européens, a été importé de Genève en France, notamment en Ardèche, au cours du deuxième quart du XVIème siècle et il y prit rapidement une ampleur significative, puisque les premières persécutions, déjà des tueries collectives, remontent à la fin de cette première période qui vit alors la répression s'organiser sur une grande échelle jusqu'à la fin de ce siècle, avec l'apogée du massacre de la Saint-Barthélemy en 1572.

Lors d'une seconde période, une accalmie, mais toute relative car parsemée de nombreuses "*bavures*", comme on dirait aujourd'hui, apparut au XVIIème siècle, grâce à "*l'Édit de Nantes*" qui donna, le 13 avril 1598, un statut à l'Église réformée de France.

Après sa révocation, le 18 octobre 1685, un siècle plus tard ou trois générations, commença une troisième période où la répression par les "*intégristes catholiques*" de l'époque, comme les appelle mon ami Arthur, officielle cette fois, reprit de plus belle, presque tout au long du XVIIIème siècle, jusqu'à "*l'Édit de Tolérance*", le 7 novembre 1787, peu avant la Révolution, soit après derechef un siècle ou encore trois nouvelles générations. Entre temps, Montesquieu, Voltaire et Diderot avaient apporté le levain nécessaire !

Ce siècle maudit est le "*Désert* ".

Dans sa première décennie, il connut, au sein des Cévennes, tout à côté de l'Ardèche, la résistance farouche organisée par les "*camisards*" qui, poussés à bout par les exactions des "*dragonnades*", avaient fini par prendre le parti d'attaquer pour se défendre. Cette résistance fit tache d'huile dans le Vivarais qui vécut au même moment deux vagues de répression sanglante.

Dans son ouvrage précité, au chapitre XV "*Les Boutières*", le docteur Francus écrit : "*Saint-Etienne de Serre... a été un des principaux foyers du protestantisme dans les Boutières*". Puis, il cite une lettre de 1762 du curé local, dont on peut évidemment douter d'une parfaite objectivité : "*C'est une paroisse presque toute religionnaire, mutine et propre à la révolte. Elle a toujours donné des marques de sa désobéissance. Tantôt elle a démoli les églises, chassé les prieurs-curés et attenté plusieurs fois à leur vie. Elle est la première qui a pris la hardiesse de se marier au désert, la première où il s'est fait des assemblées en plein jour*" !

Les conflits religieux, dans leur quasi-totalité, ont eu, ont encore et auront toujours, car telle est leur nature intrinsèque, leur lot d'horreurs incommensurables. Les nôtres n'ont pas failli à la règle du genre, avec une panoplie de moyens édifiante, ainsi qu'en témoignent toutes les archives de l'époque : espionnage, encouragement moyennant récompenses attrayantes à la délation, à l'abjuration, exil, otages, emprisonnement, galères, interdiction d'exercer quantité de métiers, privation d'état civil, confiscation de biens, amendes, destruction des temples, incendie de maisons, de villages entiers ("*grands brûlements*"), déplacements de population, bûchers, roues (on brûlait et on rompait les suppliciés de préférence "*vifs*" et longtemps, ainsi que maints jugements le recommandaient aux bourreaux), gibets, massacres collectifs (hommes, femmes, enfants, vieillards), noyades en groupes, tortures les plus sophistiquées etc. etc.

Il s'agissait d'une véritable folie meurtrière destinée à répandre non pas la peur mais la terreur. Pour survivre à une telle épreuve, il fallait vraiment que les huguenots, durant plus de trois générations, aient eu leur foi solidement chevillée au corps et à l'esprit !

Certes, le royaume de France cherchait-il alors à asseoir son unité ainsi que son autorité derrière la devise "*un roi, une loi, une foi*". Certes, devait-il lutter contre les forces centrifuges de certaines provinces dont une grande partie de la noblesse était acquise à la Réforme, n'hésitant pas à passer des accords avec l'étranger. Mais, il se trouve que les protestants sont des non-violents et qu'ils ne nourrissaient aucun dessein d'indépendance politique. Au contraire, ils étaient par principe, d'une façon générale, respectueux du régime établi et très fidèles au roi. Ils le montrèrent à de nombreuses occasions.

Alors, pourquoi tant de barbarie ?

Mon ami Arthur estime qu'il faut encore aujourd'hui se poser cette question et que c'est même désormais le seul intérêt du sujet, malheureusement sans doute côté affectif mais heureusement à coup sûr côté intellectuel, eu égard au calvaire de nos ancêtres et à condition d'analyser le virus responsable d'un "*génocide international*" !

Pour mon ami, il y a quatre approches possibles en vue d'aborder le problème, selon l'acteur auquel on a affaire.

En premier lieu, à l'instar d'Ernie Chambers, sénateur américain du Nebraska, on pourrait toujours, en allant à la source, envisager de demander des comptes à celui au nom duquel les conflits en cause ont été engagés. Toutefois, comme le rapporte Robert Salé, dans son "*billet*" paru dans le quotidien "*Le Monde*" des 19 et 20 octobre 2008, ce serait peine perdue. Mais, je lui passe la plume :

"*Reprochant à Dieu d'être responsable de nombreux malheurs qui frappent l'humanité... Ernie Chambers avait déposé une plainte contre Lui. Mais celle-ci vient d'être rejetée par un juge du comté de Douglas, au motif que le tribunal ne serait pas en mesure d'informer l'accusé et encore moins de Le convoquer. Le sénateur Chambers n'exclut pas de faire appel. Cet anticlérical, qui a toujours boudé la prière parlementaire du matin, avance une solide argumentation. Le tribunal, constate-t-il, reconnaît implicitement l'existence de Dieu ; or, Dieu est omniscient ; et, puisqu'Il sait tout, Il ne peut ignorer une procédure judiciaire dirigée contre Lui. L'affaire est délicate. Traînera-t-on le Très-Haut devant une cour d'assises, comme un vulgaire criminel ? Devra-t-il jurer sur la Bible de dire la vérité ? Ne risque-t-Il pas d'être reconnu coupable d'une partie des faits qui Lui sont reprochés, malgré des circonstances atténuantes ? Je ne voudrais affoler personne mais la peine capitale est toujours en vigueur dans le Nebraska...*" !

En second lieu, Arthur, toujours lui, estime que l'on pourrait envisager de s'en prendre aux Ecritures ou du moins à leur(s) auteur(s). Cette action serait dirigée contre l'imprécision de textes qui se prêtent à toutes les interprétations possibles, y compris celles qui apparaissent comme justifiant les violences. Drôles d'Ecritures – façon de parler – auxquelles l'on fait dire ce que l'on a finalement envie d'entendre ! Ainsi, à titre d'exemple, qu'est devenu l'universel "*tu ne tueras point*", indépendamment de toute situation exceptionnelle, comme la guerre, la mise en cause de l'ordre public ou la légitime défense ? Eh bien, notamment au Nebraska, si le précepte s'oppose à l'avortement, il n'en empêche nullement l'exécution des condamnés à mort, qui plus est dans des conditions hallucinantes ! Toutefois, une telle action n'aurait pas plus de chance d'aboutir que la précédente, notamment pour les mêmes motifs et, de surcroît, en raison des difficultés de traduction dans les principales langues qui existent, au risque de rééditer l'épisode de la Tour de Babel !

Revenu sur terre, mon ami Arthur propose de distinguer, en troisième et quatrième lieux, les exécutants et les commanditaires des conflits religieux.

S'agissant des exécutants, plusieurs étapes peuvent être franchies mais elles s'expliquent toutes assez facilement. La première étape se formule ainsi : "*j'adore ma religion, donc je déteste toutes les autres*". La deuxième étape ne comporte pas plus de mystère : "*je le fais savoir aux pratiquants de celle qui est visée en l'espèce, ainsi qu'à leurs gouvernants, éventuellement par tout moyen, avec la bénédiction de mon arbitre*". Ces prémices réunies, les étapes suivantes ne sont plus qu'une question d'organisation, avec de nombreuses variantes mais la seule idée maîtresse selon laquelle le but est de supprimer le plus grand nombre possible de mécréants car telle est la volonté divine, en échange de quoi je peux prétendre à la récompense suprême. La seule difficulté ici est celle liée aux "*risques*" de défection dans les troupes d'exécutants. À ce propos, on peut noter que, lors des dragonnades, il y a eu jusqu'à des émeutes au sein des troupes royales.

Sous l'angle de ces explications, surtout si les exécutants ont été embrigadés assez jeunes, notamment dans des groupes d'émulation collective, et s'ils vivent dans des conditions matérielles précaires, on peut aisément comprendre qu'ils estiment avoir tout à gagner et strictement rien à perdre, ce qui va, à leurs yeux, jusqu'à justifier qu'ils peuvent, voire qu'ils doivent, en échange, brader leur existence même ici bas !

Et Arthur, conformément à notre contrat, d'actualiser sa réflexion : ce sont d'ailleurs précisément, d'une part, cette précarité des conditions d'existence et, d'autre part, la course galopante aux moyens d'action, le tout immanquablement et copieusement médiatisé, qui conduisent en grande partie à la dérive mafieuse que l'on vit sous forme notamment de trafic de drogues, d'enlèvements d'otages contre rançon, d'actes de piraterie, d'attentats plus aveugles les uns que les autres…, autant d'exactions dont il faut se demander quel rapport tout cela pourrait bien encore avoir avec une quelconque religion un tant soit peu respectable, si ce n'est ce qui suit, que l'on peut itou mettre au goût du jour !

Par contre, en effet, les données sont beaucoup plus ardues à circonscrire et à analyser chez les instigateurs des conflits religieux car ils ont, eux, des intérêts à sauvegarder, d'autant plus farouchement qu'ils les considèrent comme définitivement acquis à leur personne ou à leur clan. Autrement dit, même s'ils n'ont plus rien ou pas grand chose à gagner, en revanche ils ont tout à perdre !

Ce fanatisme là est donc teinté d'une dose plus ou moins prononcée de machiavélisme, faisant entrer en ligne de compte de subtils calculs politiques, des alliances, parfois occultes, parfois contre nature et, partant, inavouables, parfois éphémères…

Nos guerres de religion foisonnent d'exemples en ce sens, avec le clan des Guise, Catherine de Médicis, Richelieu, Mazarin, Louvois, Louis XIII, Louis XIV etc.

Ceci étant, quand on sait la misère qui règne sur la terre, où un habitant sur dix ne mange pas à sa faim, si ce n'est, à toutes les sauces possibles et imaginables, de l'obscurantisme à gogo, et où un sur deux vit en deçà du seuil de pauvreté, il est à craindre que les intégristes de tout poil, d'autant plus que, lorsque l'on arrive à en neutraliser un, il en repousse immédiatement un autre, aient encore et pour longtemps un terreau particulièrement fertile et d'abondantes semences à leur disposition ! Que d'aucuns, au train de vie aisé, prétendus "*intellectuels*", puissent parfois se laisser paradoxalement endoctriner jusqu'à faire partie des exécutants reste très marginal en nombre et ne remet donc nullement en cause notre constat d'ensemble. Pour en terminer avec l'actualisation du problème, si d'aucuns se demandent jusqu'où les médias ne devraient pas aller, Arthur leur répond qu'il préfère, dans tous les domaines sans exception, un pays où l'on peut parfois considérer que les journalistes en disent sans doute trop à un pays où on les empêche d'en dire assez !

*

* *

Comment nos ancêtres ont-ils vécu leur propre calvaire ? Je n'en sais trop rien. Ce qui est certain c'est que, dans le Vivarais, au pire de la situation, les miens ont dû, à coup sûr, se faire tout petits pour laisser passer l'orage. Celui-ci a-t-il laissé des traces ? Avec le temps elles se sont en tout cas peu à peu estompées.

Mon arrière grand-père, par exemple, nourrissait un très vif ressentiment, puis plutôt un grand mépris ou même un simple dépit, face aux Puaux qui avaient renié leur foi, bien qu'ils y fussent très vraisemblablement contraints pour sauver leur vie ainsi que celle des leurs. Il était convaincu que ces "*renégats*", ces "*apostats*" ne pouvaient pas faire partie de la famille. Ce ne pouvait être que des "*homonymes*" !

Un de mes aïeux, appartenant à la branche de Vallon, le pasteur Frank Puaux, qui a contribué à l'élaboration de l'"*Histoire de la Réforme en France*", a publié en 1912 "*En Cévennes*", un petit conte, intitulé "*Les récits du grand-père*". Il le dédia à trois petits-enfants imaginaires, qui souhaitaient entendre des “*histoires vraies*”, comme les affectionnent tout particulièrement aujourd’hui mes propres petits-enfants, ce qui m’oblige à creuser au tréfonds de ma mémoire et ce qui n’est peut-être pas étranger au fait que j’ai repris la plume.

Le prénom Frank, comme celui de mon père et celui de mon fils, Jean-Frank, s’écrit sans la lettre “c” car il a dû, en son temps, être importé d’Allemagne, quand nombre de huguenots avaient fui à l’étranger.

Les “*récits du grand-père*” présentent le “*Musée du Désert*”, que l’auteur a contribué à créer et qui est installé dans le “*mas Soubeyrand*”, hameau de Mialet, dans le Gard, où naquit Pierre Laporte, dit “*Rolland*”, un des chefs camisards, et acheté par la “*Société de l’Histoire du Protestantisme français*”.

Derrière l’épigraphe de son frontispice

1685 – 1787

ce musée abrite quantité de souvenirs de l’époque maudite des dragonnades.

Chapitre 2

Mon père

Mon père est mort avant ses cinquante-trois ans.
– On dit dans son village : « Il s'est laissé partir » ! –
Et bien que j'approchais le cap des vingt-deux ans
Tant de choses encor restaient à convertir !

1
La jeunesse de mon père

À ceux qui cherchaient à connaître son âge, mon père, qui avait vu le jour le 19 décembre 1901 et qui était devenu grand admirateur de Victor Hugo, répondait, à propos de son année de naissance : "*Ce siècle avait un an !* ". En fait, il se trompait moins que son illustre référence, car, lorsque le poète écrivit, dans "*Les feuilles d'automne*", au sujet de sa naissance, le 26 février 1802, "*Ce siècle avait deux ans*", il n'en avait qu'un tout petit peu plus d'un seul, tandis que, le 19 décembre 1901, le vingtième siècle avait pratiquement, à quelques jours près, bel et bien, un an.

Que l'on se souvienne de la prise de bec épique, qui s'apparentait à la casuistique sur le sexe des anges, entre les tenants de deux thèses irrémédiablement inconciliables, au moment, pas très lointain, de notre entrée dans le troisième millénaire.

Ici, les scientifiques – j'allais écrire "*les anciens*" – qui nous expliquaient que celui-ci commençait le 1er janvier 2001 et non le 1er janvier 2000 (ils n'avaient pas tort), avec comme argument suprême que le commencement est un et non pas zéro, ce dont on s'aperçoit en comptant tout bêtement ne serait-ce que les doigts de ses mains par exemple. Avec un tel raisonnement, on en arrive même jusqu'à nier l'existence du Christ, puisque notre calendrier passe allègrement de l'an un avant à l'an un après !

Là, les poètes – j'allais écrire "*les modernes*" – qui vénéraient la magie (ils n'avaient pas tort non plus) du passage, après le douzième coup d'horloge de la vingt-quatrième heure du 31 décembre de l'an 1999 à la première seconde de la première heure de l'an 2000, tout rond et tout bedonnant, au milieu d'un flot d'embrassades et de vœux plus chaleureux les uns que les autres !

Ils ont été renvoyés dos à dos jusqu'au 31 décembre de l'an 2999 ou de l'an 3000, au choix, en espérant que notre pauvre boule n'ait pas entre temps perdu la sienne, en continuant à être maltraitée comme elle l'est aujourd'hui par les voyous de la nature. Mais, à propos, le troisième millénaire commence bien par le chiffre 2, non ?

Et puis, quand on aborde cette grave dialectique avec quelqu'une de ses connaissances, que l'on voudrait rendre encore un peu plus perplexe, mon ami Arthur de proposer l'exercice qui consiste à compter ses doigts à l'envers, de 10 à 1, ce qui revient au même que de les compter à l'endroit de 1 à 10, puis, lorsque le cobaye arrive au chiffre 6, après avoir épuisé les doigts d'une main, on l'interrompt et on lui dit, en lui montrant son autre main, « *et cinq = 11* » !

Mon père est né à Gluiras, petit bourg des Boutières, plein de charme, perché à huit cents mètres d'altitude. À l'époque le seul moyen de locomotion pour "*descendre dans la vallée*", comme on disait, à la première ville digne de ce nom, à savoir Saint-Sauveur-de-Montagut, était la charrette à cheval. Encore, la réservait-on généralement aux grandes occasions : marchés, baptêmes, mariages, enterrements… Sinon, c'était la marche à pieds, "*pedibus*", dans notre latin de cuisine, soit une bonne heure et demie à l'aller et au moins autant au retour.

Puis l'automobile fit son apparition.

Une navette s'organisa très vite, avec escale à mi-chemin, à La Fargatte, où un bistrot permettait de faire une halte, d'échanger les dernières nouvelles et de refaire le monde. Dans la grosse berline noire prenaient place, je ne sais plus combien de passagers, avec bagages et colis – poules et autres lapins qu'on allait offrir, "*en bas*", aux cousins ou amis – à se demander comment le chauffeur, qui tirait parti de tous les recoins de son carrosse – coffre, toit, marchepieds, garde-boue, capot, pare-chocs… – grâce à beaucoup d'astuce et de bouts de ficelle, oui, comment il s'y prenait pour ne jamais rien refuser !

Mon père offrit au sien, en 1925, sa première voiture qu'il paya 500.000 francs, alors qu'il était en stage d'entreprise dans la Sarre. Le jour de l'essai, sur la place du village, tandis que les badauds s'afféraient autour du gadget, une vache, sans doute courroucée de ce que l'on osât ainsi remettre en cause l'existence même des trains que ses cousines d'en bas prenaient tant de plaisir à regarder passer, s'en prit à mon grand-père. Mon père dut jouer au toréador au moyen de sa canne, accessoire alors très à la mode, ce qui lui valut un coup de corne et une fracture d'un petit os de la main, le scaphoïde, dont je n'aurais sans doute jamais soupçonné l'existence ni le nom mélodieux sans cette mésaventure !

Durand les hivers, souvent assez rudes, les plus vaillants des "*Gluirassous*", parmi les quelque 250 âmes qui peuplaient le bourg à l'époque, devaient creuser de véritables tranchées dans un mètre de neige, si ce n'était d'avantage, pour relier les maisons à l'épicerie et à la boulangerie, sans oublier le bistrot-tabac, qui heureusement avaient, les uns et les autres, fait le plein en temps voulu.

Après avoir été baptisé dans la religion protestante, cela allait de soi – tradition oblige, qui plongeait ses racines dans une bonne dizaine de générations successives – et après des études primaires fort régulières (mon grand père avait été instituteur avant de devenir expert géomètre), à l'école locale, municipale et laïque, il fit toutes ses "*humanités*" au lycée de Tournon, bientôt rejoint par son unique frère, son cadet de deux ans, tous deux pensionnaires, avec de rares permissions au foyer familial. Tel était en effet le seul lot possible pour les enfants des bourgades isolées, dont les parents avaient fait ce choix, à sacrifices parfois assez durs. Un jour de permission, mon père rentra chez lui sans sa cape, oubliée au lycée. Eh bien, sa mère n'hésita pas à le renvoyer immédiatement pour aller la récupérer !

La famille ne roulait pas sur l'or et avant 1925 elle ne roulait même qu'en charrette, soumise qu'elle était à la vie de l'Ardèche profonde, souvent dure et austère. Contrairement à une légende tenace, ses montagnes n'ont jamais fourni, à ma connaissance, la moindre pépite ni même la moindre paillette, y compris à ses plus fidèles habitants. En tout cas mes aïeux n'ont jamais hérité d'un filon quelconque. Par contre, tout enfant qu'il était, mon père fit, un sacré jour et par hasard, une précieuse découverte dont les bienfaits se font sentir encore aujourd'hui et se feront sentir encore longtemps, une découverte que beaucoup d'autres gluirassous auraient aimé faire et qui a donc fait bien des jaloux, bref, une découverte sans prix, surtout à la campagne où le seul point d'eau courante était la fontaine municipale unique, située en plein milieu de la place du village, qui voyait défiler, jour après jour, les chargés de corvée, munis de leurs brocs… On l'aura deviné ? Oui ! La découverte d'une source, dans le jardin même de la maison de famille ! Ce trésor a eu droit à son temple, sous forme d'un magnifique lavoir.

Mon père ne put mener à leur terme ses études supérieures de droit que grâce à un boulot qu'il s'était procuré dans une tréfilerie de Bous-sur-Sarre. Envoyé en mission en Chine, à Tientsin, il y fit venir de Paris, pour l'épouser, celle qui allait devenir ma mère.

Frank Puaux à un an
(photographie artistique et éternelle,
comme on savait en faire il y a plus d'un siècle)

2
Premiers pas au Quai d'Orsay

Mon père est entré au Ministère des Affaires Étrangères, le fameux "*Quai d'Orsay*", le 1er mai 1931, pour y épouser la "*carrière*"... en secondes noces et sans pour autant répudier ma future mère, bien au contraire.

En fait, il s'y prit mal sur le plan professionnel, car il passa par une petite porte, alors qu'il avait tous les bagages nécessaires – il le montra à de nombreuses occasions – pour emprunter la voie la plus noble qui existait alors, "*le grand concours*". Etait-ce dû, comme le lui a reproché son sénateur de protecteur, à une certaine impatience, tandis que le foyer familial venait d'accueillir son premier rejeton, de mettre sans plus tarder le pied à l'étrier d'une situation pérenne, qui lui permettrait, de surcroît, d'assouvir un goût des voyages qu'il avait apparemment déjà assez prononcé, pour en être même accroc ? Espérait-il bifurquer, le moment venu, comme des précédents en avaient montré la voie ? Ce qui est certain, en tout cas, c'est qu'il ne pouvait pas deviner que la guerre allait l'embarquer, avec sa famille, dans des aventures aussi imprévues que rocambolesques. Ce qu'il pouvait encore moins deviner c'est qu'il allait être frappé par une grave intoxication au monoxyde de carbone et qu'il serait fauché prématurément par la mort, en plein boulot, à la suite d'une vulgaire appendicite !

Ceci étant, dès le 1er juin 1932, il est nommé à Düsseldorf, où je suis né, puis, le 6 avril 1933, à Venise, puis, le 27 février 1936, à Nuremberg.

Déjà tout un programme, vu le théâtre et vu l'époque !

Etant donné les circonstances, ces postes avaient beau être consulaires, ils n'en revêtaient pas moins des aspects souvent politiques. Ainsi, mon père avait-il été amené à faire des rapports au Quai, avec l'aval de notre ambassade, notamment sur l'attitude des autorités locales, à la suite par exemple de sévices, dont il avait eu à connaître, infligés à des ressortissants français, dont l'un d'eux avait eu les yeux crevés dans un commissariat de police. Mon père avait même été convoqué à Paris.

Il faut dire qu'il pratiquait la langue de Goethe et de Schiller de façon à susciter l'admiration de germanophones érudits, ce qui était évidemment très apprécié de sa hiérarchie.

Ne pouvant que constater ce qui se préparait en Europe, il s'en était inquiété, à l'occasion de ses séjours parisiens, auprès de ses interlocuteurs du Quai d'Orsay. On s'empressait de l'exhorter à un peu plus d'optimisme ! Présageant l'inéluctable et en ne se faisant aucune illusion sur la tournure que prendraient alors les évènements, il brigua un poste lointain et obtint le 26 août 1937… Sydney, en Australie !

Nous partîmes donc, mes parents, mon frère aîné et moi-même, pour débarquer à Perth, en Australie, après une traversée de rêve d'une quinzaine de jours, ponctués de quelques escales, toutes plus pittoresques les unes que les autres.

En fait, tel fut le point de départ de ce qui est devenu l'odyssée de la famille de Frank Puaux !

Par un télégramme adressé le 11 juillet 1940 au général de Gaulle, mon père est parmi les tout premiers à avoir répondu à son célèbre appel du 18 juin et à rejoindre ainsi la "*France Libre*". Cela lui valut les pires rodomontades de son patron de consul général du moment, un certain Jean Trémoulet, qui ne cachait pas, quant à lui, ses sympathies pour Vichy et pour l'Axe. Le personnage finira par être arrêté par les autorités australiennes et expulsé le 7 mars 1941. À la demande de la Commission d'Épuration, mon père sera amené à témoigner par un rapport du 6 mars 1945, à la suite duquel l'individu a été révoqué !

Une fois, où l'engueulade avait dû être manifestement plus âpre que d'habitude, mon père lui avait lancé, entre quatre yeux :

– « *Trémoulet, décidément, vous êtes très mou et très laid !* ».

À la suite d'une indiscrétion, dont je me garderai bien aujourd'hui d'exonérer mon père, ce calembour avait fait le tour de la colonie française locale, au grand bonheur de la plupart de ses membres.

Nommé en Chine, à Canton (Guangzhou) le 16 décembre 1940, se fiant à sa jugeote qui lui laissait entrevoir un guet-apens de Vichy, il se garde bien de rejoindre le poste. Il adresse aussitôt deux télégrammes : l'un à "*Diplomatie Vichy*" demandant sa mise en disponibilité, l'autre au général de Gaulle à Londres confirmant son ralliement.

Les sanctions ne tardent pas à tomber : le 16 février 1941 il est révoqué par Vichy et, par jugement du Tribunal Permanent de Saigon du 5 février 1942, alors qu'il se trouvait en Nouvelle-Calédonie, comme nous allons le voir, il est condamné par contumace "*à la peine de mort et à la confiscation, au profit de la nation, de tous ses biens présents et à venir pour complicité du crime de livraison à une puissance étrangère de territoire appartenant à la France*". Quand on sait que mon père avait laissé en France sa vielle mère, dans sa maison de Gluiras, on peut imaginer son souci. Ce n'est que le 4 mars 1949 que ce jugement sera annulé par la Cour d'Appel de Saigon.

En attendant, ses relations avec le consul général, qui avait entre temps fait allégeance à Vichy, s'étant totalement dégradées, mon père demande d'être déchargé de ses fonctions et prend secrètement contact avec le Haut-commissaire de France dans le Pacifique, Gouverneur de la Nouvelle-Calédonie et Dépendances, qui, parmi les toutes premières de nos colonies, venait officiellement de se rallier à la France Libre. Il se met alors en tête de se rendre à Londres. C'est là que va commencer une folle équipée, qui va nous entraîner, pendant pas moins de quatre ans, dans des pérégrinations dignes de Blaise Cendrars, quand il se mit à bourlinguer.

N'étant plus rémunéré et ne pouvant pas obtenir de sa hiérarchie le quitus, pourtant réglementairement prévu, pour sa gestion des postes dont il avait la charge à Sydney, Melbourne, Brisbane et Canberra, mon père prend sur lui, à titre conservatoire, de déposer à la Banque des Nouvelles Galles du Sud, sous paquet scellé, leurs archives (livres comptables, chéquiers, timbres fiscaux, correspondances confidentielles, codes, clefs des coffres-forts…), avec mention de remettre le tout à un avocat, nommément désigné, quand il en donnerait l'instruction.

Il fallait le faire !

Alors qu'il était parti depuis belle lurette, la Cour Suprême d'Australie s'est saisie de l'affaire et a décidé qu'il était urgent de surseoir à statuer en attendant que mon père puisse s'expliquer et, surtout, à titre liminaire, qu'il soit déterminé si une plainte de l'"*État Français*" était recevable ! Pour la petite histoire, le procureur a classé définitivement l'affaire quand mon père, ayant enfin reçu le quitus qu'il réclamait, donna instruction à son avocat de restituer à qui de droit ce qui était devenu une petite bombe.

Frank Puaux en uniforme de consul de France en 1937 en Australie

3
"We must kill pangermanism"

En stage d'entreprise en Sarre, entre 1925 et 1928, puis en poste consulaire à Düsseldorf et à Nuremberg, entre 1931 et 1937, mon père a vécu, aux toutes premières loges, ce qui s'est alors tramé en particulier sous le IIIème Reich.

Aussi, possédant aussi bien l'anglais que l'allemand, n'hésita-t-il pas, arrivé en Australie, à publier de nombreux articles dans la presse locale sur les événements qui se déroulaient en France. Puis, il édita à Melbourne (Roberts son & Mullens ltd), en novembre 1939, soit dès la guerre déclarée, un pamphlet intitulé "*We must kill pangermanism* " (Nous devons tuer le pangermanisme), cette fameuse et dévastatrice gangrène de doctrine qui posait en principe que tous les peuples réputés germaniques et plus ou moins germanophones devaient nécessairement être réunis dans un seul et même État. Il le fit sous un pseudonyme (Charles Troiset), pour des raisons évidentes de sécurité. Ce petit ouvrage (47 pages, 12 x 18), largement et chaleureusement recommandé par une presse locale unanime, s'est vendu comme des petits pains, à raison d'un shilling pièce au profit de la Croix Rouge française.

Le préfacier, professeur dans une université australienne, commence par cette remarque : "*A peine le conflit avait-il commencé que nous ressentîmes l'impression étrange que nous n'étions pas en guerre avec l'Allemagne mais seulement avec le régime nazi ; dès lors, nous ne devions pas trop en vouloir au peuple allemand* ".

L'ouvrage, quant à lui, débute ainsi : "*Pour la deuxième fois en vingt-cinq ans, pour la troisième fois en moins de soixante-dix ans et pour la quatrième en moins de quatre-vingts ans, le Pangermanisme, dans la logique fatale de violence qui constitue son essence même, a repris les armes pour étancher son inextinguible soif de conquête*". Puis, de rappeler, entre 1937 et 1939, le rétablissement du service militaire, suivi d'un énorme effort de réarmement, un quatrième plan totalement axé sur la préparation y compris économique de la guerre, la réoccupation et la fortification de la région rhénane, démilitarisée en 1919, les restrictions alimentaires déjà imposées en Allemagne, l'intervention cynique dans la guerre civile espagnole dans le but évident d'encercler la France, les menaces verbales de plus en plus violentes des orateurs et de la presse du Reich, l'Anschluss (rattachement de l'Autriche), l'annexion des Sudètes, l'asservissement du peuple tchèque et, "*last but not least*", l'incorporation de Dantzig, qui a fini par mettre le feu aux poudres.

Bref ! Force aurait dû être de constater que "*les événements de ces trois années auraient dû constituer un langage singulièrement précis et menaçant pour le moins averti des observateurs. Mais l'opinion publique, aussi bien en France qu'en Angleterre, ayant été endormie depuis longtemps dans l'illusion de la paix, soutenait, dans son for intérieur et à moitié honteuse, la politique des Gouvernements cherchant à reculer l'heure de la catastrophe qui devait tôt ou tard frapper*".

À propos de l'atmosphère régnant en Allemagne dans l'optique de la guerre, mes parents racontaient, entre autres, qu'il était obligatoire de n'éplucher les pommes de terre qu'une fois cuites à l'eau, de façon à économiser au maximum sur l'épaisseur des épluchures, ou bien, encore, qu'il était interdit de jeter les tubes de dentifrice vides (alors en métal), lesquels faisaient l'objet d'une récupération spécifique pour un usage évidemment militaire. La police venait régulièrement vérifier dans les poubelles que ces consignes étaient correctement suivies.

Après avoir analysé les tenants et aboutissants du pangermanisme et avoir souligné les perversions auxquelles il devait immanquablement de nouveau aboutir, l'ouvrage insiste sur la nécessité absolue de l'éradiquer, sans complaisance aucune, ni pour le régime, ni pour le peuple allemand, qui avait confié sa destinée à un psychopathe.

Mon père estimait que les peuples, même s'ils ne sont souvent qu'instrument entre les mains de leurs dirigeants et même s'ils ont personnellement autant à souffrir de leurs entreprises, sinon plus, que ceux contre qui elles sont dirigées, ont néanmoins, quelque part, le régime qu'ils méritent. Toutefois, il en disait tout autant au sujet du régime de Vichy.

L'ouvrage met le doigt ensuite sur la fameuse propagande institutionnalisée par le régime nazi, avec son propre ministère, et la formidable machine de guerre qu'il en avait faite. Ainsi, s'insurge-t-il contre le parti pris et martelé selon lequel le Traité de Versailles, en raison de ses lacunes sur les minorités et de l'humiliation qu'il infligeait au vaincu, serait à l'origine de tous les maux. Pour imparfait qu'il ait été, il ne fut pas la cause mais un prétexte, son plus grand défaut ayant été, non pas son contenu, mais la façon dont il avait été appliqué ou, plutôt, la façon dont il n'avait pas été appliqué !

Tout cela est aujourd'hui bel et bien peu connu, voire peu ou prou carrément inconnu des jeunes et sans doute digéré, sinon oublié, par la plupart des moins jeunes, même si l'Île de Sein continue régulièrement à redorer, sur son monument aux morts, les lettres des noms des siens, disparus pour la France, tués par "*les Boches*" !

Nous devons ce tournant radical, sans conteste et en grande partie, à Charles de Gaulle et à Konrad Adenauer. Nous le devons, aussi, n'en déplaise aux eurosceptiques, à la construction de la Communauté Européenne, puisque l'on a cessé de se taper dessus pendant une durée qui avoisine désormais celle où l'on s'est copieusement étripé ! Nous le devons, enfin, à la lucidité du peuple allemand, qui en a fait la garante de sa liberté. En témoignent l'attitude de mes amis allemands et nos conversations, lors de leurs fréquents séjours à Paris et en Bretagne, où ils se plaisent sans partage.

Il n'empêche qu'en novembre 1939 il fallait avoir un certain courage pour éditer un tel pamphlet sur le pangermanisme et une vista certaine pour conclure, après n'avoir nourri aucune illusion sur la durée du conflit, sa barbarie et le nombre de ses victimes, tout en prévoyant son issue, à la nécessité fondamentale, sous une forme ou sous une autre, de ressusciter la Sociétés des Nations et de construire un espace européen, à la fois économique et politique.

Du coup, mon père avait une sainte horreur des hommes politiques dits "*providentiels*", dont il estimait qu'il fallait se méfier comme de la peste, en pensant évidemment, cela va sans dire, à Guillaume II, Bismarck ou Hitler… Comment cela se traduisait-il en ce qui concerne la France ?

En fait, il était un parlementariste convaincu et je peux affirmer qu'il m'en a légué l'héritage. Il était toutefois intellectuellement beaucoup trop indépendant pour se lier à un parti politique, même s'il avait le cœur qui penchait vers le radical-socialisme. C'était au fond un "*crypto rad-soc*", comme on disait alors et, là encore, il m'en a laissé des traces. Sa méfiance à l'égard des hommes politiques providentiels comportait deux exceptions qu'il justifiait par les circonstances : Georges Clemenceau et Charles de Gaulle, comme on va le voir en ce qui concerne celui-ci.

WE MUST KILL PANGERMANISM

by

CHARLES TROISET

MELBOURNE:
ROBERTSON & MULLENS LTD.

PRICE -- ONE SHILLING

Couverture du pamphlet

4
"*France Libre*",
Nouvelle-Calédonie et retour en métropole

Après que mon père eut vendu tous ses biens (mobilier, voiture, bijoux de famille...), faute de pouvoir traverser l'Océan Indien et rejoindre l'Angleterre via l'Afrique, nous voilà tout simplement partis pour faire le tour dans l'autre sens, côté Pacifique. Embarqués à Wollongong (Nouvelles Galles du Sud) le 10 février 1941, y compris le troisième rejeton de la famille, Bernard, né entre temps, le 25 février 1938 à Sydney, sur un méchant minéralier, encore tout noirci par son dernier chargement de charbon et néanmoins baptisé le "*Cagou*", du nom de ce charmant petit échassier devenu rare et protégé, dont la Nouvelle-Calédonie a fait son emblème, nous sommes arrivés le 17 février à Nouméa.

À vrai dire, mon père se proposait, sans trop l'avouer, d'y installer sa famille et de poursuivre seul sa route pour Londres le plus tôt possible. Avait également été du voyage Vita Longue, devenu très vite dans la famille le sympathique Victor, un Malgache qui venait de démissionner de ses fonctions de maître d'hôtel aux Messageries Maritimes, préférant quitter un navire dont le commandant avait choisi Vichy et qui fut réquisitionné par l'amirauté britannique. Mon père, le trouvant très stylé, l'avait embauché comme valet de chambre.

Pendant son voyage de retour en Australie, le Cagou a disparu, corps et biens, très vraisemblablement coulé par un des bateaux pirates allemands ou torpillé par un des sous-marins japonais qui, les uns et les autres, infestaient alors les parages.

Vu l'état de déconfiture dans lequel se trouvait l'administration locale, en raison du départ des nombreux fonctionnaires qui, ayant fait, par un tout autre choix, acte d'allégeance à Vichy, avaient préféré partir pour l'Indochine, le Haut-commissaire pria instamment mon père, qui finit par accepter, de "*prolonger quelque peu son escale*".

Tant et si bien que celle-ci durera… deux ans et demi !

C'est ainsi que mon père a cumulé les fonctions de responsable du ravitaillement de l'île et du travail, juge au Tribunal Supérieur d'Appel, commissaire du gouvernement au Tribunal Administratif, procureur de la République etc., comme le rappelle l'annuaire diplomatique qui répertorie toutes les fonctions occupées par ses agents titulaires.

De surcroît, la Nouvelle-Calédonie commençait à connaître une situation économique catastrophique mettant en cause son ravitaillement même, tant interne qu'externe. Il en résultait déjà une raréfaction de produits de première nécessité (denrées alimentaires, carburant, matériaux divers, médicaments…) ainsi qu'une flambée des prix sans précédent. La population faisait entendre un mécontentement croissant !

Cette situation allait devenir d'autant plus alarmante qu'elle était exacerbée par l'arrivée massive de troupes américaines. Craignant une invasion nipponne de l'île et de ses dépendances, les Etats-Unis avaient décidé d'en faire leur tête de pont dans le Pacifique.

Mon père prit le taureau par les cornes et proposa au Gouverneur un plan d'ensemble s'apparentant à une véritable économie de guerre : rationnement, contrôle des prix, mesures import-export, contrôle des changes, en particulier des devises provenant de la vente des mates de nickel… Non seulement ce plan a été entièrement accepté et appliqué mais mon père, sur mandat du Haut-commissaire, a été chargé, grâce en outre à sa pratique de l'anglais, des négociations nécessaires avec les autorités du Commonwealth.

Aussi, au péril de sa vie et au grand dam de ma mère, dut-il se rendre plusieurs fois en Australie.

Tout cela lui valut un satisfecit particulièrement élogieux, publié au "*Journal Officiel de la Nouvelle-Calédonie et dépendances et du Haut-commissariat de France pour le Pacifique*" du 5 avril 1943 :

"*Par décision 323 du 26 mars 1943, un témoignage officiel de satisfaction est décerné à M. Puaux (Frank), Vice-Consul de France, pour les services éminents qu'il a rendus à l'Administration de la Colonie. Ce fonctionnaire, après avoir été un des promoteurs de la cause de la France Libre en Australie, où il était en fonctions et s'être mis à la disposition du général de Gaulle, a rejoint la Nouvelle-Calédonie, répondant à l'appel du Gouverneur. Retenu à Nouméa par suite de la défection de nombreux fonctionnaires, qui après le ralliement sont partis pour l'Indochine, M. Puaux s'est consacré avec un dévouement et une énergie au-dessus de tout éloge aux nombreuses fonctions qui lui ont été confiées. Chef du Service des Affaires Economiques, juge au Tribunal Supérieur d'Appel, Membre de la Commission de censure, il s'est acquitté pendant plus de deux ans, dans les conditions les plus difficiles, d'une tâche écrasante. Chargé du contrôle des changes, du Services des exportations et des importations, du contrôle des prix, des restrictions de consommation etc., il a puissamment contribué à assurer l'approvisionnement de la Colonie et son équilibre économique. Chargé de mission auprès du Commonwealth Australien, il a dirigé les négociations qui ont abouti à la conclusion d'accords commerciaux destinés à assurer à la Nouvelle-Calédonie la fourniture des produits essentiels à son économie de guerre*".

Sans commentaire !

Mon père, en effet, a incontestablement rendu des gros services à la Calédonie, d'autant plus qu'elle traversait à ce moment là une période trouble de son histoire et que, venant des Affaires Étrangères, la cohabitation avec les fonctionnaires de la "*coloniale*" n'était pas toujours évidente. La Rue Oudinot – fief du ministère qui, sous des appellations variées, s'occupait de la France d'Outre-Mer – nourrissait à l'égard du Quai d'Orsay des sentiments teintés à la fois d'admiration et de méfiance, où d'aucuns croyaient déceler comme une sorte de complexe d'infériorité, jusqu'à ce que les dernières promotions de l'École Nationale de la France d'Outre-Mer (la fameuse ENFOM), nos colonies ayant vécu, fussent phagocytées en 1962 par les diplomates issus de l'École Nationale d'Administration (la non moins fameuse ENA), ce qui, loin de leur porter ombrage, leur a au contraire apporté un sang nouveau !

Cela n'a pas empêché mon père d'entretenir des relations tout à fait privilégiées et même de confiance avec le Gouverneur. On peut en juger à travers des mots que j'ai retrouvés dans ses affaires, dont voici trois exemples :

– 18 janvier 1942 : "*Cher Monsieur Puaux, voici avec tous mes remerciements les livres que vous avez bien voulu me prêter. J'ai pu trouver huit* [?] *de livres pour emporter dans ce mystérieux PC de l'Amiral encore tout embaumé du parfum des vertus monastiques et navales du maître de la maison* [Thierry d'Argenlieu venait d'être débauché de chez les dominicains pour être bombardé par le général de Gaulle contre-amiral et Haut-commissaire pour le Pacifique, à la place de Henri Sautot, qui restait Gouverneur de la Nouvelle-Calédonie]. *Mes respectueux hommages à Madame Puaux et mes amitiés pour vous*". Signé "*Henri Sautot*".

– 11 mars 1942 : "*je m'excuse de n'avoir pas répondu plus tôt à votre mot dans lequel, découragé à juste titre par toutes les saloperies du milieu administratif et judiciaire du lieu, vous demandez à être réintégré dans votre cadre nominal. Je vous comprends et j'ai câblé à Londres en ce sens. Malheureusement, l'éminent prélat qui de loin préside aux destinées du Pacifique français sera peut-être consulté et dans ce cas, par esprit de hargne, il est bien capable de faire de l'opposition. En ce qui concerne votre traitement, vous n'avez pas lieu de vous inquiéter car, bien que n'étant pas affecté en titre à un bureau, vous avez cependant un travail que je vous ai confié et d'autre part le solde de* [?] *est payé par le Haut-commissariat. N'ayez donc aucune crainte à ce sujet. En tous cas, si dans un mois et demi à deux mois il n'était pas arrivé de Londres une réponse à votre sujet, il faudrait envisager de vous faire envoyer avec la famille en Australie… Je vous en reparlerai. Il n'est pas facile de sortir de cette ratière… Mes amitiés*". Signé "*Henri Sautot*".

– Fin 1942, début 1943 : "*Cher Monsieur Puaux, j'avais chargé ce diable de C de vous prévenir d'une bonne nouvelle, mais le samedi soir… Voilà, on vous offre le poste d'attaché commercial à Prétoria. Je vous en félicite car, 1° cela vous détache de ce pays de malheur, 2° cela vous remet dans la carrière… Il est bien possible que nous fassions route ensemble jusqu'en Afrique, vous régulièrement et moi irrégulièrement, car je suis bien décidé à lâcher le baquet d'ordures que je tiens en équilibre à bout de bras depuis huit mois. Je suis content pour vous de votre nomination. Bien amicalement à vous*". Signé "*Henri Sautot*".

La situation tragi-comique que connut alors la Nouvelle-Calédonie sur le plan de son administration interne, notamment la zizanie entre le Haut-commissaire pour le Pacifique et le Gouverneur de l'île, inspirèrent à mon père un ouvrage très original, sous forme d'une parodie historique, que je présenterai tout à l'heure, dans quelques pages.

*
* *

En attendant, je voudrais simplement ajouter, ici, en conclusion de ce sous-chapitre, que la guerre, l'occupation de la France, l'éloignement aux antipodes, la difficulté d'obtenir des nouvelles de sa famille, en particulier de sa mère, la précarité de la situation, y compris locale, le souci du devenir de sa femme et de ses enfants, en même temps que la volonté d'être en paix avec sa conscience, tout cela réuni devait, on peut facilement l'imaginer, tarauder mon père et lui f… un sacré grand coup au moral !

Mon père citait volontiers, sur le ton de la plaisanterie, sans doute pour se donner du cœur au ventre, ce dicton qu'il avait dû ramener de Chine :

– « *Le sage ne fait pas de projet* » !

Les lettres de la famille restée en France, numérotées en continu par l'expéditeur pour permettre au destinataire de vérifier s'il lui en manquait, après des périples de plusieurs mois, étaient accueillies, via la Croix Rouge américaine, comme des miracles, quand elles n'étaient pas maculées de traits noirs par la censure.

Les autorités américaines, dont les troupes étaient devenues omniprésentes en Nouvelle-Calédonie, ayant *de facto* pris en main, par la force des choses, la destinée de l'île, mon père estima qu'il n'avait plus rien à y faire. Il en revint dès lors à son intention initiale de rejoindre Londres et obtint d'être nommé attaché commercial à Pretoria, à la Délégation du Comité Français de la Libération Nationale en Afrique du Sud.

Et nous voilà donc repartis, le 25 juin 1943, mes parents et leur smala, l'aîné, les deux plus jeunes, le benjamin, Jacques, étant né entre temps le 4 novembre 1941 à Nouméa, avec leur gouvernante, Berthe Cailleau, et sans m'oublier, pour un nouveau périple… d'un an et demi, vers l'Afrique, où un cargo, transport de troupes américaines, nous débarqua à Durban, après une traversée mouvementée de trente-trois jours. Nous arrivâmes à Pretoria le 22 octobre 1943.

Puis, par étapes, nous remontâmes l'Afrique, par tous les moyens de transport possibles et imaginables, depuis le train et le bateau fluvial à aubes jusqu'au panier à salade qu'un gouverneur avait mis, avec son chauffeur, à la disposition de mon père, en faisant je ne sais plus combien d'escales, un mois ici, trois mois là, à Brazzaville, Pointe-Noire, Abidjan, Dakar, Casablanca, Tlemcen, Oran, Alger…

Bref, si l'on peut dire, encore dix-huit longs mois, de telle sorte que d'Alger, où mon père avait rejoint le Commissariat National aux Affaires Étrangères, nous pûmes suivre en détail le débarquement des Alliés en Normandie, le 6 juin 1944, et en Provence, le 15 août, puis la libération de Paris, le 25, et, le 31, le transfert du Gouvernement provisoire… ! Mon père n'en attendait évidemment pas d'avantage pour rejoindre enfin la capitale, qu'il avait quittée plus de sept ans auparavant, et se remettre à la disposition du Quai d'Orsay !

Nous rentrâmes en France, en septembre 1944, toute la famille saine et sauve.

Et puis, la nature humaine étant ce qu'elle est, très philosophe, mon père tirera assez rapidement un trait sur tout cela.

Pour ma part, je fêtais alors mes douze ans.

5
“*Histoire de la Nouvelle-Sycomanie pendant la dernière guerre mondiale*”

Son séjour en Nouvelle-Calédonie, précisément à un moment où elle fut le théâtre d’une véritable épopée tout à fait extraordinaire, bien connue de tous ceux qui s’y sont intéressés, inspira à mon père, qui décidément aimait écrire, un ouvrage très original.

Après en avoir parlé avec mon ami Arthur, dont je souhaitais connaître le sentiment, car l’entreprise me paraissait quelque peu délicate, j’ai décidé de présenter ce petit brûlot à l’édition. C’est ainsi qu’il parut. Il a été publié chez L’Harmattan en décembre 2004, sous le titre “*Histoire de la Nouvelle-Sycomanie pendant la dernière guerre mondiale*”.

Quoi de plus simple, pour donner un avant-goût de cette parodie historique, que d’en montrer la couverture et de donner à lire sa quatrième de couverture ainsi que des extraits de ma préface ?

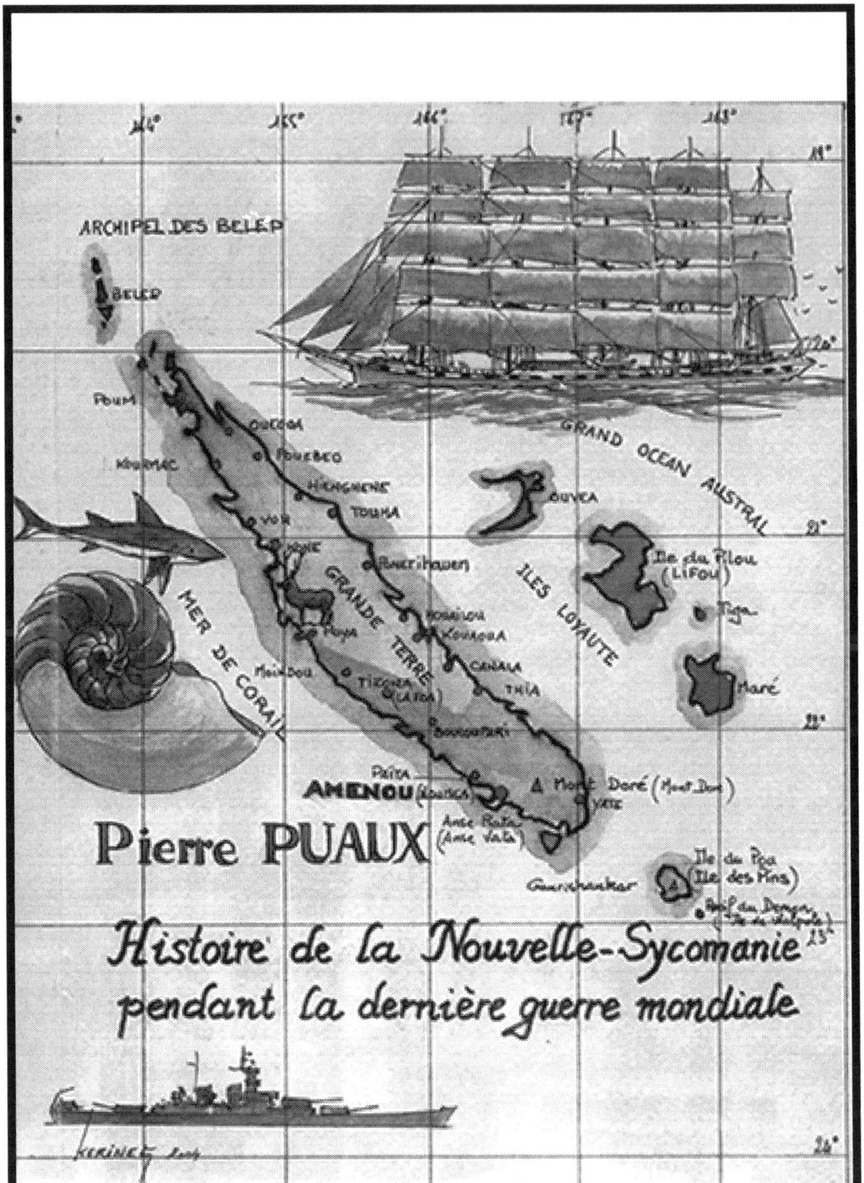

Couverture de « histoire de la Nouvelle-Sycomanie
pendant la dernière guerre mondiale"

4ème de couverture :

"Diplomate, alors en poste en Australie, mon père, Frank PUAUX (1901-1954), rallie la France Libre dès décembre 1940. "Débauché" par le gouverneur de la Nouvelle-Calédonie, ralliée elle aussi entre-temps, il y occupe, jusqu'en 1943, divers postes administratifs. En sa mémoire, j'ai décidé de publier cette Histoire de la Nouvelle-Sycomanie pendant la dernière guerre mondiale, que lui a inspirée ce séjour, car cette parodie intéressera, je le pense, trois sortes de lecteurs :

- ✓ *ceux qui, connaissant cette étonnante épopée calédonienne, seront curieux d'en savoir plus, sous une forme, qui plus est, bien inédite,*
- ✓ *ceux qui, n'ayant pas la chance de connaître le Caillou, voudront découvrir comment cette Grande Terre de notre Empire' colonial a vécu le déferlement des troupes alliées, surtout des marines US,*
- ✓ *ceux qui, ne s'intéressant toujours pas à la Calédonie ni à la dernière guerre mondiale, ou pas encore, aiment l'histoire et sont donc friands de la façon dont elle se bâtit, avec ses faits, divers ou non, ses mots, vrais ou vraisemblables, et ses anecdotes, peu ou prou révélatrices…*

Et puis, ce petit brûlot, qui me paraît tout de go, rigolo, bien écrit et agréable à lire, remet-il à l'heure certaines pendules historiques !

Étant donné les événements, mon père aurait certainement aimé dédier son ouvrage à tous ceux dont le sang a coulé, il n'y a pas si longtemps encore, au nom de la Nouvelle-Calédonie. Que l'histoire de ce haut lieu ne fasse plus couler, désormais, que de la belle encre !

Pierre Puaux"

Extraits de ma préface

"Opéré trop tard d'une appendicite aiguë, mon père,… alors en poste en Syrie, est décédé le 22 août 1954 à Alep, bien prématurément puisque, moins de quatre mois plus tard, il n'aurait eu que 53 ans.

Dans le cadre d'une biographie familiale et d'une autobiographie, qui s'intitule "Court a été l'étale" et que je me propose de publier par ailleurs, en recensant une fois encore mes archives, j'ai récemment remis la main sur un de ses manuscrits – égaré dans un carton, je ne sais trop comment – auquel il avait donné pour titre "Histoire de la Guerre en Nouvelle-Sycomanie", rédigé, pour partie, durant la dernière guerre mondiale, pour partie, juste après.

Il se proposait de le faire éditer sous le pseudonyme de Charles TROISET, alors adopté par lui et déjà utilisé en d'autres circonstances. Pourquoi ne l'a-t-il pas fait ? La réponse à cette question est un secret qu'il a emporté dans sa tombe. Tel que je le connaissais, je suis néanmoins certain que ce n'est pas la crainte qui l'a retenu de rendre public ce qui serait très probablement apparu à l'époque comme un brûlot.

Quoi qu'il en soit, en relisant cet ouvrage… j'ai été convaincu qu'il serait dommage de le laisser dormir à jamais et de ne pas en faire profiter tous ceux – je sais qu'il en existe – qui s'intéressent encore, de près ou de loin, aux événements qu'il relate et tous ceux – il en existe aussi – qui, d'une façon générale, aiment l'Histoire. Aussi, ai-je décidé, en mon âme et conscience, de lui donner une vie plus réelle, étant tout autant persuadé que je ne trahis pas de la sorte la mémoire de l'auteur, bien au contraire.

Toutefois, étant donné le temps écoulé, j'ai préféré modifier légèrement le titre de l'ouvrage, de façon à éviter toute ambiguïté, en l'intitulant "Histoire de la Nouvelle-Sycomanie pendant la dernière guerre mondiale". D'autre part, si j'y ai apporté quelques adaptations de forme et si je l'ai quelque peu écourté, le fond en reste tout à fait intact.

Cette "histoire"... est en réalité une parodie, comme son intitulé le laisse déjà entendre. Son théâtre ? C'est ce qui s'est passé en Nouvelle-Calédonie de 1940/41 à 1943/44.

*

* *

[Cette parodie] *s'apparente souvent davantage à une véritable satire, qui plus est acérée. Pour désopilants que soient certains passages, mais peut-être aussi précisément pour cette raison, il faut surtout prendre le récit au second degré, voire au troisième, quoique...*

Il contient, en effet, ô combien de vérités parfaitement authentiques !

Après cet avant-goût, j'oserai quand même ajouter, selon la formule rituelle, que toute ressemblance avec des personnages existants ou ayant existé, au demeurant plus ou moins connus, serait le fruit du pur hasard, malgré certaines apparences patronymiques, mais après tout à vous de juger, grâce à votre mémoire, à vos souvenirs, vécus ou racontés, à vos parents, à vos amis, à vos lectures, à des archives, des photos..., qui et que sais-je encore ? Quitte à bousculer des idées reçues ou des légendes.

Par contre, ce que je peux vous affirmer en tout cas et avec certitude, c'est que cet ouvrage apporte au sujet un éclairage tout nouveau, original, caustique et sans complaisance aucune, par rapport à la bibliographie qui lui a été consacrée jusqu'à présent et que j'ai pris la peine – c'est malheureusement le mot adéquat à utiliser parfois – de parcourir, pour m'assurer de l'honnêteté de mon père et de la perspicacité de son jugement. J'aurais pu aussi bien m'en dispenser, comme j'en étais du reste convaincu a priori.

Car, enfin, connaissez-vous un autre historien qui a vu aussi justement, en un gouverneur de l'époque, le véritable "Tartillon" qu'il fut, affublé de ses jumelles de maîtresses – "Honneur" et "patrie" – ou en son successeur, "Mézouhy", un gouverneur obsédé par sa relève, ou encore, en un résident général, le précieux et fat amiral "Riri de Hurlebise" de pacotille qu'il incarna, le "père Timothée de la Rédemption" en religion, entouré d'une "mission" innombrable, composée, en outre de ses "demoiselles" gantées de cuir blanc, d'une escouade de parfaits incapables, débarqués en pleine guerre mondiale, aux antipodes de la patrie, sauvagement agressée et occupée, sur le Caillou qu'ils prirent très vite pour un véritable joujou, susceptible d'assouvir leurs caprices simplistes, mais dont la population, depuis les habitants de la capitale, "Aménou", jusqu'aux broussards, leur fit passer un très mauvais quart d'heure de plusieurs mois, avant de les contraindre à quitter les lieux, purement, simplement et piteusement ? Connaissez-vous un autre historien qui a fouillé leurs relations pour mettre le doigt sur ce qu'elles ont pu comporter d'ambigu, de conflictuel et de dérisoire ?

D'ailleurs, si l'on en croit ses mémoires, le général de Gaulle lui-même ne fut pas particulièrement fier de tout ce qui s'est alors passé dans le Pacifique, à ce point qu'il regretta de ne pas s'y être rendu. Quant aux mémoires du Gouverneur Henri Sautot – qui, comme un défi, reviendra sur place après la guerre et sera élu maire de Nouméa – il leur a donné le titre évocateur de "Grandeur et décadence du gaullisme dans le Pacifique". Il y est carrément féroce à l'endroit du Haut-commissaire, l'amiral Thierry d'Argenlieu et rempli de désillusion sur l'attitude du chef du gouvernement provisoire.

*

* *

Il était donc salutaire, quelque part, de remettre les pendules à l'heure, en rendant aux Sycomanes ce qui leur appartient, tout en rappelant – cerise sur le gâteau – des anecdotes, qui, pour être parfois cruelles et à la limite du vraisemblable, n'en sont pas moins tout ce qu'il y a de plus authentique et révélateur de la vie locale quotidienne de l'époque, ponctuée, non seulement par les soubresauts d'un ralliement épique à la France Libre et par le déferlement impressionnant des soldats "vespuciens", occupants salvateurs grâce auxquels la Nouvelle-Sycomanie a miraculeusement échappé à l'invasion des "Ratonais", mais encore par la manne de dollars qu'ils firent pleuvoir sur l'île en quantité encore plus impressionnante !

Mon père en profite, mais sans aucune amertume, pour souligner les difficultés matérielles que lui a values son ralliement à la France Libre depuis les antipodes et, surtout, les affres psychologiques de la rupture, à la fois brutale, longue, douloureuse et souvent solitaire, inhérente à ce type de situation, dont le choix – je l'affirme ici avec solennité – supposait un très grand courage, notamment par rapport à l'attitude de la multitude de couards qui ont fait la sourde oreille, pendant si longtemps, à l'appel à la résistance, en préférant l'allégeance inconditionnelle à Vichy. Non seulement il a dû rester éloigné de longues années notamment de sa mère, mais il a consommé sa ruine matérielle, ce qui l'a mis dans l'obligation de repartir à zéro après la guerre, sans la moindre indemnisation !

Enfin, mon père en profite encore pour faire part de ses vues prospectives sur l'avenir de la Nouvelle-Sycomanie, ce qui n'était pas non plus dénué de courage, étant donné la nature particulièrement délicate du sujet et le fait, ne l'oublions toujours pas, que nous étions en plein cataclysme mondial, lequel ne pouvait qu'en engendrer d'autres dans notre Empire colonial.

Pierre, fils de Frank Puaux"

*

* *

Dans le prolongement de cette farce mais à présent très sérieusement, de façon à revenir sur la terre d'aujourd'hui tout en honorant un peu plus encore la mémoire de mon père, nous nous sommes livrés, avec mon ami Arthur, qui appréciait beaucoup ses jugements, à l'exercice consistant à nous demander comment il aurait vécu certains évènements survenus après son départ.

Ainsi, tout d'abord, lui qui avait la plus grande méfiance à l'endroit des hommes politiques "*providentiels*", comment aurait-il bien pu réagir au retour du général de Gaulle en 1958 et, dans la foulée, comment aurait-il bien pu réagir en 2007, à l'arrivée au pouvoir de celui qui se réclamait tant de cette figure historique ?

Autant il nous est apparu évident que mon père aurait sans doute fini par admettre que les évènements d'Algérie avaient été suffisamment exceptionnels et inquiétants pour justifier, vu ses antécédents, qu'un vieux général à la retraite acceptât de rempiler et même pour justifier un recours, qui d'ailleurs s'est avéré raisonnable, à l'article 16 de la Constitution, autant, par contre, fûmes-nous convaincus qu'il y aurait eu un phénomène de rejet face à une dérive du pouvoir se traduisant, entre autres, par un usage tout à fait immodéré du "*Moi, je veux que...*" !

Mon père, en effet, n'aurait pas manqué de souligner que cette "*egomanie*", qui reflète un "*moi*" exorbité, jeté de façon récurrente en pâture aux médias, dès lors que l'on avait décidé d'en faire son mode privilégié de gouvernance, ne pouvait aboutir qu'à une "*egocratie*", à laquelle ministres ainsi que parlementaires de la "*majorité présidentielle*", devaient une allégeance inconditionnelle et à laquelle les corps constitués n'avaient guère intérêt à se frotter.

Mon père n'aurait pas manqué d'ajouter que le flot inextinguible de paroles qui en résultait lui donnait le vertige. Et Arthur, sur le mode du dicton "*Qui trop embrasse mal étreint*", de livrer sa novelle version :

– « *Qui trop bavasse mal convainc !* ».

Mon père n'aurait, en tout cas, jamais supporté que l'on aille jusqu'à prétendre, au nom d'une approche annoncée comme "*positive*", non seulement lui expliquer comment il faut interpréter le pilier de la République qu'est la laïcité, alors même qu'il s'agit d'une des composantes de son ADN, mais encore fourbir des thèses eugénistes !

Et Arthur de constater avec malice que ce chef d'État a quand même réussi quelques performances extraordinaires puisque, pendant son quinquénat, nombre de collectivités locales, dont de grandes villes, ont basculé à gauche, de même que le Sénat, que les enseignants du privé sont descendus dans la rue et, point d'orgue, que le personnage est arrivé à perdre sa réélection en réunissant sous son nom 48,4 % des suffrages exprimés malgré son flirt éhonté pendant sa campagne avec l'extrême droite. Et, comme si toutes ces performances ne suffisaient pas, l'opposition a obtenu en prime la majorité absolue à l'Assemblée Nationale !

Et Arthur de conclure mais sans malice désormais que l'application aveugle et tous azimuts de la *"révision générale des politiques publiques"* (la fameuse *"RGPP"*) a conduit à saigner des services pourtant vitaux, tels que les écoles, les hôpitaux, les tribunaux et les commissariats de police, tandis que notre dette se creusait chaque jour, pendant ce temps, en moyenne de presque 330 millions d'euros (ce n'est pas une faute de frappe) !

Nos institutions constitutionnelles sont-elles responsables de cette situation, qui n'auraient pas su trouver un juste équilibre entre un régime théoriquement parlementaire et un régime de fait présidentiel ? Pour mon ami Arthur, la question reste posée mais elle en entraîne une autre, devenue existentielle : l'autorité du chef de l'État doit-elle aller jusqu'à interdire aux ministres de s'exprimer ?

Arthur a désormais tendance à répondre par la négative à cette dernière question, mais à une condition comportant son corollaire.

Dès lors que la solution propre à résoudre tout problème politique donné, quel que soit le domaine considéré (économie, énergie, écologie, société, éducation nationale, sécurité, institutions...), n'est quasiment jamais unique, il n'est pas incongru qu'un ministre, pour peu qu'il en ait la capacité, ait sur le sujet son propre point de vue, fusse-t-il quelque peu hétérodoxe par rapport à la ligne adoptée le cas échéant par son camp, puis de le faire savoir où et quand il le souhaite. Il ne saurait nullement, dans ces circonstances, s'agir d'un quelconque couac "*gouvernemental*".

En revanche – corollaire oblige – dès lors qu'une position officielle a été prise au sommet de l'Exécutif, en la personne du chef de l'État ou du premier ministre, alors, mais alors seulement, devrait s'apiquer la mémorable sentence lancée par Jean-Pierre Chevènement le 22 mars 1983 :

– *« Un ministre, ça ferme sa gueule ; si ça veut l'ouvrir, alors ça démissionne ! »*.

Enfin, comment mon père pourrait-il bien réagir aujourd'hui face à la crise économique et, surtout, aux mesures choisies pour y remédier ? Après avoir constaté la lapalissade selon laquelle l'endettement abyssal de l'État impose impérativement la diminution de ses dépenses et l'augmentation de ses recettes, via les prélèvements obligatoires, le pragmatisme radical socialiste et son tempérament l'auraient très vraisemblablement amené à se demander, entre autres, comment concilier certains droits sociaux et les économies désormais incontournables.

Certes, comme Arthur a déjà eu l'occasion de nous le laisser entendre, à juste titre, rien ici bas n'est jamais définitif, y compris ces droits, éventuellement sous forme fiscale, d'autant moins que, par hypothèse, ils reposent sur une conjoncture, elle-même sujette à des aléas. Toutefois, certains "*acquis*", qui l'ont été de longue date et de haute lutte, sont de ce fait entourés d'une aura symbolique d'autant plus difficile à remettre en cause qu'elle illustre le paysage historique de la nation !

C'est pourquoi, si un de ces acquis apparaît à un moment donné comme devant nécessairement être revu pour des considérations d'équilibre macroéconomique, la moins douloureuse et la moins injuste des solutions est alors d'utiliser la "*voie de l'extinction*". Autrement dit, l'acquis en question est maintenu en faveur de ceux à qui il s'applique, lesquels, gestionnaires en bons pères de famille, ont sagement bâti leur train de vie et celui de leur foyer sur leurs revenus. Par contre, la mesure est aménagée, voire supprimée, pour ceux à qui elle se serait appliquée à l'avenir, toutes choses restant égales. Ainsi, ces derniers ne sont pas pris au dépourvu et peuvent bâtir leur budget en toute connaissance de cause.

Appliquée, dans le temps, avec patience et discernement, que de problèmes pareille méthode pourrait résoudre, que de désillusions elle pourrait éviter !

6
Le Consulat de France à Gand, Courtrai et Ostende

Mon père n'était pas arriviste ni même carriériste, loin s'en faut. Par rapport aux vocations à surenchères politiques qui éclosaient déjà trop souvent dans la fonction publique et qui ont fini par la noyauter à partir d'un certain niveau, c'était là un moindre défaut, voire une qualité, si ce n'est que mon père avait été jusqu'à omettre de faire valoir ses faits de guerre.

Mon propos n'est pas, plus de soixante-cinq ans après la guerre et plus de cinquante-cinq ans après la mort de mon père, d'entrer ici dans une quelconque polémique, du reste heureusement forclose depuis longtemps à tous les points de vue.

J'aurais simplement préféré que sa promotion professionnelle lui fusse accordée de son vivant et non rétroactivement après sa mort, prématurée il est vrai.

Estimant que justice devait lui être rendue, j'ai sollicité en 1956 un entretien à ce sujet avec le directeur du personnel du Quai d'Orsay qui, peut-être pris de remords, me tint le langage suivant :

– « *C'est quand même dommage que votre père n'ait pas fait en temps voulu une demande de revalorisation de sa carrière pour faits de guerre* » !

Un champion de tennis n'aurait pas mieux renvoyé la balle à la volée :

– « *Mais, Monsieur le directeur, je suis certain qu'il l'a faite, cette demande, et je vous en fournirai la preuve rapidement, dès mon retour chez ma mère* » !

Et le fait est que, quelques jours plus tard, le Quai d'Orsay était en possession d'une vieille pelure, froissée et jaunie, fort opportunément retrouvée dans les papiers de mon père, en vertu de quoi son grade a fait un bon en avant substantiel.

Pour en revenir à la Libération, on se bousculait sans vergogne au portillon du Quai d'Orsay, où les plus exigeants n'étaient pas forcément les ralliés de la première heure et étaient même, souvent, des ralliés qui s'étaient découverts une vocation tardive pour la France Libre.

Les places étaient donc chères !

Mon père fit valoir qu'il avait quatre enfants en âge scolaire et qu'il avait suffisamment bourlingué pour obtenir un poste près de la France et dans un pays francophone, ce qui limitait singulièrement le choix.

Le 21 novembre 1944, il se vit confier le Consulat de France à Gand, Courtrai et Ostende qu'il dirigera durant presque cinq ans.

*

* *

Ce poste, dont la circonscription couvrait la Flandre orientale et la Flandre occidentale (Bruges), présentait de réels pôles d'intérêt, tant culturels qu'économiques et même politiques, en raison, bien entendu, de la période d'après-guerre, de la proximité de la France et du lancinant problème que soulevait, déjà, la cohabitation des deux communautés des Flamands et des Wallons !

Mais, tout d'abord, le poste était à recréer *ex nihilo* puisqu'il avait été fermé pendant l'occupation, en même temps que la quasi-totalité de ses homologues en Belgique.

Après avoir convaincu le Quai d'Orsay qu'il ne fallait pas – prestige de la France oblige – lésiner sur les moyens, mon père jeta son dévolu, quant au siège du consulat, sur un luxueux hôtel particulier en plein centre-ville, soit quatre étages avec une trentaine de pièces et des dépendances où fut installée la chancellerie consulaire.

Au rez-de-chaussée du bâtiment principal, qui donnait sur un immense hall d'accueil, il y avait une vaste entrée donnant sur le bureau du Consul, celui de son adjoint, le secrétariat, un salon d'attente, une grande salle de réunion et le vestiaire correspondant.

C'était là l'antre du patron !

L'arrière du rez-de-chaussée constituait, avec ses propres portes de service, les communs (office, cuisine, monte-plats…), sur lesquels la patronne ne s'interdisait pas d'avoir un œil.

Le premier étage, auquel on accédait par un monumental escalier de marbre blanc, bordé d'une rampe en fer forgé, véritable ciselure, et entrecoupé, sous forme de mezzanine, par de vastes et rutilantes commodités réservées aux invités, comprenait la salle à manger et l'enfilade des salons de réception. Entre 1945 et 1950 ces lieux ont vu passer d'innombrables célébrités, parmi lesquelles, autant que je me souvienne – et j'en oublie à coup sûr – Serge Lifar, Michèle Morgan, Gérard Philippe, Charles Dullin, Louis Jouvet… ainsi, dans d'autres domaines, que Robert Schuman, un des constructeurs de l'Europe, le maréchal Leclerc, venu à Gand décorer son hôte de la Légion d'Honneur, Georges Bidault, alors ministre des affaires étrangères. À son propos, mon ami Arthur me rappelle qu'arrivé le soir du jour de la réception, tandis que la famille était réunie autour du dîner, mon père, profitant d'une sortie du maître d'hôtel, avait eu ce mot :

– « *Ouf ! Quelle journée ! Je suis rassuré que tout se soit bien passé avec Bidevin* ! »…

… tant il est vrai que le personnage avait un penchant immodéré pour les appellations contrôlées du Bordelais !

Toujours au premier étage mais à l'opposé, il y avait le sanctuaire des parents, avec ses à-côtés, dont une impressionnante chambre forte, caverne d'Ali Baba de mon père.

Le deuxième étage était celui des chambres des enfants, de la gouvernante des deux plus jeunes, des chambres d'amis et d'une salle de bain qu'on appelait "*les thermes* ". Le troisième, interdit aux enfants, était le fief des gens de maison : le chauffeur de mon père, le maître d'hôtel, la cuisinière, la femme de chambre, le planton… Quant au quatrième, à peine mansardé, il s'agissait du royaume des enfants, avec salle de jeu et gymnase.

Bref, comme mon père l'avait écrit, dans un rapport au Quai, "*un immeuble qui est certainement un des plus représentatifs qui soient en Europe*" !

Comment meubler pareil palace ?

Mon père eut évidemment recours au Mobilier National et il n'y alla pas avec le dos de la cuiller, y compris pour la décoration : tableaux, tapisseries d'Aubusson, tapis d'Orient, porcelaines de Sèvres… !

Voilà pour le décor, dont l'entretien était largement compensé par les droits de chancellerie.

L'activité du poste ?

Une autre paire de manches mais que mon père a itou retroussées !

Il m'a suffi pour m'en convaincre de me plonger dans les notes, alors souvent confidentielles, qu'il a adressées au Quai d'Orsay.

En effet, mis à part les tâches traditionnelles d'un de nos consulats, avec, en l'occurrence, une colonie française pléthorique et, à l'époque, une étroite surveillance des allées venues transfrontières, il y avait une intense activité économique, Gand étant un important port… de mer. Mais il y avait aussi et surtout un contexte politique intéressant tout particulièrement la France.

Or, l'entreprise consistant à redorer localement le blason de la France s'avérait d'autant plus ardue et délicate que deux évènements fondamentaux étaient intervenus, l'un en 1923, soit déjà plus de vingt ans auparavant, avec une stricte "*flamandisation*" de l'université de Gand et, l'autre, en 1932, avec son corollaire, à savoir le bannissement de la langue française de l'administration et de l'enseignement, entraînant les répercussions que l'on peut imaginer sur l'ensemble de la Flandre belge.

Ce qui ne simplifiait pas les choses, plus récemment, c'est que certains Flamands n'avaient pas caché leur sympathie pour le IIIème Reich. Du coup, le poste mit les bouchées doubles pour démontrer, films à l'appui, la réalité des exactions nazies.

En vérité, comme l'a souligné mon père, avec le réflexe d'un historien épris d'objectivité, cette radicalisation des Flamands n'était jamais que l'écho à l'attitude non moins outrancière adoptée, dans l'autre sens, par les Wallons depuis la naissance de l'État belge en 1830. On peut dire à ce propos que ce sont les Wallons, ne leur en déplaise, qui ont fourbi pendant plus d'un siècle les armes qui se sont finalement retournées contre eux. Cependant, d'un autre côté, ce qui compliquait encore davantage les choses, c'est qu'un clergé conservateur, à tendance réactionnaire, avec parfois un parti pris contre la France, soutenait ardemment le mouvement flamingant, que celui-ci allait être décapité par l'épuration consécutive à la Libération et qu'il comportait des éléments extrémistes peu fréquentables.

De toute évidence, le Consulat de France à Gand, tout consulat qu'il était, à cinquante kilomètres de la frontière et à trois cents de Paris, avait par conséquent un rôle éminemment politique à jouer. Il était en quelque sorte la légation de France en Flandre belge.

Mon père comprit d'emblée deux choses essentielles.

Tout d'abord, que la seule chance de susciter de l'intérêt pour la France auprès des Flamands était surtout de ne laisser apparaître aucune intention de propagandisme. "*À mon avis*", écrivait-il au Quai en juillet 1947, "*l'effet subjectif de propagande doit résulter du sentiment produit sur le public sans qu'aucun élément prémédité n'ait l'air de vouloir forcer son jugement*". Il ajoutait en avril 1948 : "*D'une façon générale, il convient d'assurer les relations franco-belges en Flandre par l'intermédiaire d'organismes purement flamands. Les autres nous nuisent plus qu'ils nous aident, car ils écartent de nous le public flamand que nous avons à gagner à la cause de l'usage de la langue française*".

Ceci étant, il était tout autant convaincu qu'il fallait, ensuite, convaincre les locuteurs belges de la langue néerlandaise ainsi que leurs mentors politiques, ne leur en déplaise à leur tour, qu'ils ne pouvaient absolument pas faire l'impasse sur la langue française, ce que l'élite flamande des "*fransquillons*" avait d'ailleurs compris depuis longtemps.

Dès lors, il fallait agir précisément sur le terrain culturel, qui plus est haut de gamme, en obtenant des subventions destinées à encourager, voire à organiser, des projections cinématographiques de nos meilleurs classiques ainsi que de documentaires en vogue, la venue de troupes de théâtre et de corps de ballets parmi les plus prestigieux, des expositions de toutes sortes (peinture, sculpture, tapisserie, objets d'art, ouvrages littéraires, archéologie…), des conférences variées et de qualité, la diffusion de livres, les échanges entre établissements d'enseignement etc., etc., le tout en ciblant tous azimuts : grand public, écoles, universités, centres culturels, associations…

En outre, il fallait réactiver l'École des Hautes Études, mise en sommeil pendant la guerre, après avoir été créée en 1923 grâce à l'initiative privée de la bourgeoisie gantoise dans le but de maintenir une certaine promotion de la culture française face à la flamandisation de l'Université. Un *modus vivendi* une fois négocié, ce fut l'œuvre, entre autres, de professeurs aussi prestigieux qu'Henri Maldiney et Pierre-Henri Simon, dans les domaines de la philosophie, de la littérature, de l'histoire de l'art…

Pour mon père, la Belgique, n'en déplaise cette fois et aux Flamands et aux Wallons, était bel et bien condamnée à être bilingue et à l'admettre une fois pour toutes. À la mi 1949, il concluait ainsi sa mission à Gand : "*Il est un axiome qui domine toute la question… à savoir que la survie de l'État belge est conditionnée par une certaine survivance de la langue française en Flandre pour des raisons impérieuses…*" et son rapport de citer, comme arguments, l'exiguïté de cette partie du royaume, traversée en deux heures de voiture et "*ouverte à tous les vents*", les allées venues de frontaliers, le tourisme omniprésent, l'industrie, le commerce etc.

Ce jugement n'a pas été remis en cause, ni par la régionalisation de 1980, ni par la fédéralisation de 1994, ni par la relative autonomie des deux communautés qui en est résultée.

Ce jugement est encore moins remis en cause aujourd'hui, alors que Bruxelles est devenue la capitale de l'Union Européenne !

Escalier monumental du Consulat

de France à Gand vu d'en bas

Escalier monumental du Consulat de France à Gand vu d'en haut

7
"L'aile du rêve"

Mon père était très érudit, aussi bien dans le domaine de l'art, en particulier de la Littérature, que dans celui de l'Histoire, pour laquelle il avait une prédilection amoureuse. Il était convaincu que ces deux disciplines vont de pair, se complétant l'une l'autre. Parmi ses écrivains préférés, il y avait notamment Guillaume Apollinaire dont *Alcools* et *Calligrammes* n'avaient plus de secret pour lui.

Pendant son séjour à Gand, son envie d'écrire le reprend et, cette fois-ci, il conçoit un recueil de poèmes. L'ouvrage, aujourd'hui épuisé, a été édité en octobre 1952 par l'imprimerie strasbourgeoise ISTRA, alors que toute la famille était installée à Maisons-Alfort (Val-de-Marne), en attente d'un nouveau départ pour l'étranger. J'ai pris le parti de répartir dans mon ouvrage ceux de ces poèmes dont je souhaiterais qu'il restât une trace plus vivace. Ainsi en est-il dans les trois chapitres que j'ai consacrés à l'Ardèche protestante, à ma mère et à mon frère aîné Jean-Claude, à propos des sept ans du benjamin de la famille. Aussi, citerai-je ici ceux qui n'ont pas trouvé place ailleurs.

PIERRES DE PARIS

Les pierres de Paris d'éclat gris bleu très tendre
Dans la brume endormies des heures du matin
S'éveillent lentement au filet argentin
D'un soleil paresseux qui les fait se détendre.

Le long des quais de Seine aux vieux Louvres figés
Verdissent des palais ; de lointaines églises
Percent le ciel confus de flèches érigées
Avec qui le nuage éraflé fraternise.

Châtelets incivils, ministères blanchâtres,
Louis-Philippe lourd, colonne anachronique,
Vos meulières, vos grès, vos granits et vos plâtres
Qui dans les siècles durs épousèrent la brique,

Arcs qui baillez très haut et respirez l'azur,
Colossaux ; bien : assis et transpirant de gloire,
Ton aiguille, obélisque ! et vos dômes obscurs
Ou dorés, temples ronds aux saints dédicatoires,

Calcaire symphonie de rudes orphéons
Orchestrée par les grands bâtisseurs successifs,
Les Capets, les Valois et les Napoléons,
Sous le ciel de Paris, vénérables récifs,

Patinés d'un empois qui se colle aux pignons,
Fait de deuils, de poussière où des haines se mêlent,
Lourde haleine noircie des révolutions
Qui frôlaient les frontons de frémissantes ailes.

La France vit en vous et son œil vous caresse,
Votre profil sacré grêle ou cyclopéen
Reste son patrimoine éclatant de noblesse,
Vous, mordues des éclats brutaux des biscaïens,

Les libérations, les sièges, les batailles
Ont bruni le reflet de vos faces de cendre.
Levez un front auguste imprégné en grisaille,
Pierres nues de Paris aux visages si tendres !

L'ÎLE

[On reconnaîtra la Nouvelle-Calédonie]

Des eaux exténuées mon île longue émerge
Des gouffres assourdis, des bleus noirs pacifiques,
Mais aux tempêtes drues, aux colères de vierge,
Bousculant les vaisseaux égarés aux tropiques.

Là se sont écoulés des ans mélodieux
Pour qui voulant tenter l'ingrat destin d'Ovide,
Se grisa de climats rouges et radieux
Qui souriaient d'azur à un esprit avide,

Désireux d'échapper aux rets de l'imposture,
Qui vit ce qu'il n'avait pu qu'en songe entrevoir,
Quand naquit, alléchante, une heureuse aventure
Chassant de superflus mais amers désespoirs.

Les nuits y étaient nues comme un aveu s'exhale,
Corsage exaspérant d'ombre où des diamants
– Bleu très vif – s'incrustaient, luisants feux de Bengale
Troublant, muet d'extase espérée, un amant

Muet comme dans l'erre à la chair désirée
Et disparue, peut-être morte ou infidèle,
Où il ne pourra plus, jamais plus se mirer,
Dont peut-être il n'est plus, ici-bas, que parcelle

Légère de cendre dispersée, inféconde
Au dur vent de l'hiver, seul résidu sacré
D'un amour mort, en allé loin, absent du monde,
Des fleurs blêmes ouvraient leur calice sucré.

L'effrayante orchidée s'y déploie, œil féroce
Gigantesque araignée à l'affreux incarnat,
La pâle fleur de lune en sourire précoce,
Pur sourire à sa sœur du vanillier grenat

Voisine par dessus l'émail des tubéreuses.
Dans ses jardins perlés la rose, bayadère,
Balance sa nacelle et sa senteur frôleuses.
Le népenthès repu, immobile, digère !

Aux alizés si doux, aux bords de la mer sombre,
Mon île détachée vogue, nef au noroît,
Le squale redouté au dos huileux y sombre
Aux grèves dentelées où le pandanus croît

Et que Gauguin saignant avait peut-être aimées.
Qu'il était doux d'errer sur leur chaud sable blond
Avec assez de chants de chair si parfumée,
Assez de voluptés pour l'esprit moribond !

Un tourment, un remords délicieux réside
Aux poitrines bercées des vierges de là-bas,
Enfants-fleurs, femmes-fleurs aux tendresses torpides,
Aphrodisie précoce aux complaisants appas !

La femme chaude et lourde et vaine s'y pavane,
Inextinguible et frais son amour s'évapore
De sa peau, pur reflet et pur goût de havane,
Au lagon où frémit la vie des madrépores,

Où sous un vent si doux, si léger qu'un soupir,
Les nuages heureux hésitent à s'enfuir !

LA FEMME QUI PLEURE

Sous le jet d'ironie de la fleur du chapeau,
Triangulée, tordue, l'affolante agonie
Décompose la face en ravinant la peau
D'un chaud torrent salé, chair qui se liquéfie !

Hallucinante horreur où le visage fond,
Chassant et piétinant tout vestige de charme,
Déchiré, emporté par les ruisseaux profonds
Des flots noirs de cheveux coulant avec des larmes !

La bouche se distend sous une angoisse orale,
– Lèvres écartelées dont l'entour se raidit –
Aucun son n'en jaillit, peut-être à peine un râle
Et des sanglots par quoi le menton se fendit !

Le mouchoir écrasé se crispe dans le coin,
Sûr prélude poignant aux morsures du poing,
Exaspération du sursaut ascendant
Des doigts que vont broyer de musculeuses dents !

Et des yeux ronds ouverts le poil, haut, se hérisse,
Dominant quelque mer infinie de malheurs,
De terreur viscérale éperdue et où glisse
L'âpre calamité voguant sur tant de pleurs.

D'où vient cette douleur, comme un vent de détresse,
D'un masque tourmenté qu'un sourd désespoir broie,
Pleureuse exténuée et pitoyable proie,
Victime expiatoire ou sainte pécheresse ?

Et quel tableau de mort, hors de toute mesure
Humaine, désagrège et ravage ces traits,
Cette figure vive à la noble armature
Se transformant soudain en deux tristes portraits ?

Le génie convulsé de l'impeccable artiste
Créateur délirant de ces transes énormes,
Nous obsède d'un deuil où l'effroi coexiste,
Chapelet de frissons stridents et multiformes.

Ce faciès grimaçant dans le cadre décent
D'un lieu petit bourgeois sur fond banal de plinthes,
Ces affreux cauchemars générateurs de sang,
Furieux grouillement gigantesque d'helminthes,

L'étrange asymétrie de ce visage double,
Font prévoir, sous le front dont se disloque l'arche,
Par la révulsion de l'œil tendu et trouble,
Folle, cette huée de la démence en marche !

FEMMES

Passée leur vive ardeur au reflet indécent,
Leur trop fragile chair frissonne et se défend,
Sanctuaire outragé d'obsédantes images,
D'impromptus répétés qui se veulent hommages
Et de maternités qui bossèlent les flancs
Peureux et tôt marqués de stigmates sanglants.
Quand les rites anciens ont épuisé la coupe,
Ont élevé l'Amour au cabestan des croupes,
Les cadences du cœur au rythme des sanglots,
Dans la grotte sacrée s'insurgent des brûlots !
Ah ! Qu'il nous soit plus cher, alors qu'elle s'enflamme
Ce redoutable écrin des nudités de femmes,
Cette chair que le flot de son âme pénètre !
Comment ne pas aimer ce que ses pleurs font naître,
Comment ne pas céder à ce pli fermé d'elle,
Cette gouache où sourit la blondeur de l'aisselle,
À ces fossettes drues, ces cassolettes d'ambre,
Ces abdiquées pudeurs au secret de la chambre,
Cette ombre inféodée à la moiteur des jambes
Que des chocs font frémir, horripilants, quand flambent
Les toisons moutonnées aux languides sueurs ?
Charnel encens émis en de rares lueurs,
Par tant de soin fané, par d'abscons artifices
Qui dérobent, en de mensuels sacrifices
L'envergure trop nue des cuisses bifurquées.

Et sur des peaux marbrées et livides, musquées
De parfums pénétrants de cannelle et vanille
Se révèle, souillant de pourpre la guenille,
Calamité sanglante, inévitable écueil

Et où naufrage, épars et rougi, son orgueil !
Buisson érubescent d'inavoués désirs,
Languissant dans l'erreur, inhabile aux plaisirs,
O Femelle, falaise âpre et inaccessible !
Lys irritant et clos, brillant mais insensible
Apparemment, armé de candide faiblesse,
Quel reflux enténèbre, étouffant, ta caresse,
Quel labeur régulier te tourmente et te blesse
D'intuitifs élans qui, transcendant le rêve,
Avaient déjà troublé Lilith et sa sœur Eve ?
De ta jupe à godets, des senteurs rémanentes
Enivrent le cerveau d'haleines renaissantes
Et l'obscène impudeur d'un rut patriarcal
Aspirant, clandestin, ton fin cheveu d'archal,
Jaloux et envieux des Phoenix prolifiques
Que ne rebutent pas tes grands airs sataniques,
Bref intermède avant les bouffonnes semailles
D'abdomen convulsé dans l'horreur des tenailles.
On ne sait quoi fait peur, lors, de te bienvenir,
Gavée jusqu'au dégoût de sanglants souvenirs,
Bourrelle ! Salomé, Clytemnestre ou Cassandre

À quelles trahisons te voit-on condescendre
À tes hanches parées d'étoffes inutiles,
Roulement de joyaux effrontés et hostiles,
D'ondes inachevées et gesticulatoires,
L'indisponible amour éveille la mémoire,
Evoquant pour l'esprit, démons d'un ancien monde,
Ou Sodome ou Gomorrhe ou Palmyre ou Golconde,
Réminiscence impure ! Or ta grâce innocente
Ton âme qui s'épanche en onde rougeoyante !

LE MORT EN PROMENADE
(Gravure)

Mat et livide, osseux, par le fard oublié,
Déambulant butor, squelette hydrocéphale,
Le Mort s'en va glaner à son destin lié
Et la canne à la main geint un antique râle.

Sur le gros crâne hors de raison élargi
Butine l'ineptie d'un vieux chapeau à claque,
Fleurs des vertèbres vide, impatient il gît
Et parfois secoué par le vent qui l'attaque.

Et sous l'horrible trou des yeux troués se lit
L'énigme d'un rictus impénétré – invite
Comme pour se coucher et perfide, en ce lit
Offert dans le sapin sinistre qu'il habite ? –

Dans l'étau dépavé, branlant des maxillaires
Une pipe se plante horizontale et fume
Un flot noir de fumée qu'avec délice il hume
Comme jailli sans fin du bûcher millénaire.

Le vent l'emporte au ciel en tourbillon spiral,
Parallèle s'en va la basque de l'habit :
Ce lugubre gandin, vêtu pour le grand Bal,
Brummell macabre et fat plastronne, décrépi.

Sa face se détourne et racole, ternie,
Goule engageante et dure au visage en décombres
Et sa vue s'apitoie basse, errante Erinnye,
Dans le coin, curieuse, où s'étonnent deux ombres.

C'est l'ami que te guette, ami ! à l'horizon
Depuis le jour où, lâche et dévoré d'ennui
A ta lèvre tordue tu portas le poison.
Vois son dandinement, inutile aujourd'hui !

Considère l'appel de son front volontaire,
Mais ne suis, en des murs de glace, ses appas,
Car il peut te laisser l'attendre, solitaire, –
Et ses baisers sont chers et ne se donnent pas –

Jusqu'au jour où peut-être un atomique arcane
En la bombe fleurie rouvrira sa chicane.

L'HISTOIRE

Chercheur trop curieux que le tragique amuse,
Assoiffé de ravir à la baveuse muse
L'énigme du passé à la voix glaciale,
Enivre-toi du chant de Clio partiale
Et la suis bien, bravant les dangereux vertiges
Des profondeurs du temps, recherchant les vestiges
Des espèces fourbues et découvrant les traces
Vaguement apparues sur des murs vieux, des races
Ecroulées, disparues dans l'indiscrète argile,
Sur des pierres noircies, marquées de l'aile agile
Des siècles révolus et des lierres fanés.

Les spectres attristants des défuntes années
Veillent là, bien rangés au bord du catafalque
Du temps mort, où la haine à la main nue décalque
Les destins répétés des conquérants maudits.
Se régalant des chocs et des malheurs prédits,
La pythie vaticine en roulant les épaules,
Flanquée de cent mille ans endormis sous les saules.
Le héros impulsif aux pieds enflés tressaille
Sur la route où le goût du meurtre noir l'assaille
Et Pégase ravi fait feu des quatre fers

Subreptice larron, du fond de quels enfers
Nous rapporteras-tu tel valable héritage ?
Clio, sénile grue, aime le rabâchage
Quand la stérile ronde erre toujours de-ci
De-là et que la flamme gît, en dents de scie,
En sa prunelle teinte aux vices des tyrans
Qui l'aident à forger des brouillards dévorants
De légende, épandus sur de poussifs grimoires
En arabesques nues et hallucinatoires.

Regarde, heureux fat, à quoi tu participes !
Vois donc la flexion des antiques principes
Sous un Dieu qui toujours a toute heure s'offense,
Dont transsude partout l'inconnaissable essence,
Où se frotte, lascive, une noire soutane
Manquant de charité, vieux errements profanes
Entretenant souvent quelque chrétienne erreur,
Cœur racorni et sec et prompt à la fureur
Et seulement troublé d'une sotte Pandore
Ou des ruades chues d'un déloyal centaure.

Et Clio lui sourit, sourde, la bave aux lèvres.
Et ils fuient le jour pur qui de sang vif les sèvre,
L'aurore leur déplaît et les ciels de bonace
Le couple qui s'unit et qui tendre s'enlace
Leur paraît le calice où toute honte est bue
Et la femme qui s'offre à peupler la tribu.

Bombe ton torse épais en ton risible orgueil,
Chercheur ! et nous dis bien si, dépassant le seuil,
Tu as parfois trouvé au sombre amas de nuit,
Bien mieux que des soupirs poignant l'air de leur bruit,
Des sanglots hoquetants de mères consternées,
Des générosités mortes, à peine nées,
Tant de vers immortels qui sont morts dans les marbres.
Moi je n'y trouve rien, hors, sous de sombres arbres,
La froide érection de fleurs cadavériques,
Des maléfices lourds et des deuils héroïques
Savamment accouplés aux cycles infernaux
Et, toujours agitée, chargeant ses arsenaux,
La redoutée, la crue, l'indispensable Mort
Diabolique, outrageant la Vie de son remords !

HAMLET

Maniaque trempé au bain de la vengeance,
Tâtonneur solennel dans le meurtre hésitant,
O chercheur de toi-même à l'amour impuissant,
Chevalier que la Mort précède en permanence !

Le rat Polonius surpris ouvre la danse,
Ta mère et son mari sentent son frôlement,
Victime de Laërte à qui toujours tout ment,
Même Ophélie blessée, noyée dans sa démence.

Sois haï d'une haine intense et subversive,
Champion d'une époque allée à la dérive,
Discoureur inspiré par un fou et son crâne,

Traînard de l'action ! Horatio t'enivre
Et sa chaude amitié dont te trouble l'arcane
Très douce à ton orgueil, jalouse te délivre.

CANTIQUE

Belle fresque ondoyante en qui mon amour croît
Je veux, évocateur enivré de ta grâce,
Que ces trésors, très saints ornements de ta châsse,
Entretiennent l'ardeur raffermie de ma foi.

Ces joyaux géminés, anarchique attirail,
Eblouissent ma vie sans dépouiller leurs charmes,
Tous ces divins flambeaux rassurant mes alarmes,
Illuminent ma cave au seuil du soupirail.

Les troublantes splendeurs attiédies de ton corps,
Ton beau ventre apaisé dans l'ombre ailée du rêve,
Doux et sûrs oreillers où mon doute fait trêve
Quand ta nudité moite et souriante dort.

Aimè-je trop la fleur double de tes appas
Et la soie de ta peau où le parfum se pose ?
Suis-je trop enivré des senteurs de tes roses
Et Dieu qui fit la chair ne l'aimerait-il pas ?

L'amour est-il le fruit de l'accouplement vague
Du Diable et de la Mort sur un lit d'hôpital ?
Noie ce blasphème impie au relent infernal
Dans ton large mépris à la terrible vague !

Ne cache pas ton sein ! Ne voile pas ta cuisse !
Mais offre-les, hautains présents fleuris des dieux
Et l'orgueil maternel de tes flancs glorieux
Comme opimes trophées au céleste édifice !

Mais sait-on t'adorer, toi, l'antique prêtresse
Eternellement jeune au cœur renouvelé,
O bel astre d'argent dans le ciel modelé,
Seul symbole vivant où la grâce apparaisse !

L'âme surgit au seuil de ton baiser vainqueur,
Noble incarnation du Dieu bon qui t'anime.
Dans la lutte féconde et l'élan unanime
De notre espèce élue qui te doit sa ferveur,

Tu es la beauté vierge et tu es l'aventure
Sans fin multipliée, tu es l'inspiratrice,
Tu es la volupté, tu es l'ardent caprice,
L'ordre vrai de l'esprit, la saine nourriture.

Brillant cadre fleuri de mes horizons d'homme,
Ton sein vertigineux domine, comme un phare !
Tu es la pointe d'or qui chasse et désempare
L'éclair de la menace et la peur du fantôme.

Cette angoisse ennemie, que ta main l'exorcise
Et la double rigueur de tes armes de chair,
Toi, ma raison de vivre et mon riche univers
Qui d'un sourire aimant s'émeut et s'humanise !

Dresse le bouclier de ton corps enchanteur,
Symphonie parfumée, odorante harmonie
Mélancolique et tendre, autre source de vie,
Synthèse énigmatique et bénie du bonheur !

RÊVE

C'est aux clairs ruisseaux bleus, pleins de murmures
Au sein propice, un peu sombre d'un bois épais
Où l'or des rayons d'or d'un soleil chaud hésite,
Et que la nymphe même, inattendue, évite,
Un pauvre pays gris :
Et j'y erre.
Et bientôt,
Accent de hardiesse, un monstrueux château,
Dressant la splendide insulte de ses tours
Vers le puissant azur tâché par les vautours,
A surgi de la brume, offert, presque imprécis.
Que de fois, étreint là d'un vespéral souci,
J'ai dit à mon cœur mort qui ne sent plus sa honte :
Mon cœur ! Monte à ta tour aussi et monte et monte
Au ciel par cette tour infinie et me conte
Ce qu'on voit des créneaux, aux mers désaltérées
De ruisseaux clairs jaillis, bouillonnants de l'orée

Des bosquets parfumés et ceints de lauriers-roses,
Qu'un frôlement exquis éveillera, s'il ose,
De soupirs chauds mouillant le froid poli des marbres
Et palpiter au loin en toile de fond d'arbres
Où s'irisent des fleurs, où flambent des reflets
De cuivre en des clartés douces, bariolées,
Musique ensorcelante où mon âme prodigue
Ecoute la chanson inconnue qui navigue,
La chanson qui s'éploie dans la nuit monotone
Courant, poussée du vent, haletante et moutonne
Aux cieux très cristallins d'où les astres émigrent.
Ce devait être aux bords tout endeuillés du Tigre
Dont me venait l'odeur énervante de sable,
À celle du désert moisi toute semblable.
Puis j'attends immobile en cette ombre où flottait,
Comme sous ton sourire ironique qui fait
Presque pencher du sort l'inflexible balance,
Quelque chose de doux comme l'or du silence.

AUTOMNE

À la fenêtre
Je me penchai
Et sous le hêtre
Roux qui pleurait
La fleur champêtre
Las ! se fanait.

Parmi les brandes
Les noirs oiseaux
Qui se débandent
Sous les rameaux,
Dans les lavandes,
Par monts et vaux.

↓ ↓

O feuilles ! Foule
De tons vieil or
Le ciel s'écroule
Sur ce décor
Que le vent roule
Chassant encor

Dans mon cœur triste
D'un mal d'hiver,
La joie insiste,
Mais tôt se perd.
Rien n'en subsiste
O soir amer !

8
La mort de mon père

Mon père avait pris l'habitude de travailler le soir, parfois jusqu'à une heure avancée de la nuit, tout prés d'une grande cheminée, dont le conduit n'avait sans doute pas été ramoné depuis des lustres mais, surtout, qui était garnie de bûches factices, alimentées au gaz de ville.

Un véritable traquenard !

Résultats : un malaise, une hospitalisation, un diagnostic sans appel d'intoxication au monoxyde de carbone, ce qui a coïncidé avec son départ de Gand, après un séjour de cinq ans, puis un congé de maladie, puis une "*condamnation*" d'un an en "*Centrale*" d'octobre 1949 à octobre 1950, avant le poste sur mesure de Baden-Baden en RFA de novembre 1950 à mars 1952, puis une récidive d'un an en administration centrale d'avril 1952 à mai 1953 et, enfin, le poste de Damas en Syrie de juin 1953 jusqu'au coup du sort d'août 1954 !

C'était un soir comme les autres. Sur la terrasse de notre appartement, nous savourions en famille, avant le dîner, le miracle de fraîcheur, relative mais réelle, de tranquillité et de bien-être, comme Damas savait alors en offrir à ses hôtes qui pouvaient en profiter, après de pesantes journées caniculaires.

La famille était au grand complet puisque mon frère aîné, prof au Lycée français de Baden-Baden, où il avait fini par faire souche, nous avait rejoint pour ses vacances. Mon ami Arthur m'a souvent rappelé que je pouvais en bénir le sort, sans doute un peu égoïstement, d'avoir fait en sorte que nous puissions ainsi être ensemble et donc nous épauler dans l'épreuve, aussi imprévue que redoutable, qui allait nous fondre dessus.

Mon père se plaignit d'une douleur au ventre. Le médecin italien que l'on put réussir à déplacer diagnostiqua aussitôt une appendicite aiguë, mais – première erreur – au lieu de programmer dare-dare l'opération à chaud, il décida d'attendre le lendemain.

Entre temps, le téléphone arabe fonctionna jusqu'à Alep où régnait le chirurgien français Fruchaud qui avait décrété, une fois pour toutes, que toute personnalité française se trouvant en Syrie, surtout un diplomate, ne pouvait, ne devait être opérée le cas échéant que par lui. Aussi, dès le lendemain matin, le dimanche 15 août 1954, à la première heure du matin, appela-t-il ma mère pour lui tenir – deuxième erreur – le langage suivant :

– « *Je vous interdis, chère Madame, de faire opérer votre mari à Damas. Vous ne savez pas le risque que vous lui feriez courir. Il faut impérativement me l'amener à Alep !* ».

Il se trouve que je connaissais bien le colonel Malki, officier de l'armée syrienne, qui me délivrait les sauf-conduits dont nous avions besoin, avec les copains, pour aller chasser le sanglier dans la Vallée du Yarmouk, à la frontière avec Israël. Plusieurs années après mon retour en France, j'ai appris que, tandis qu'il assistait à un match de football, dans les tribunes officielles d'un stade de Damas, il avait été assassiné par un fanatique, qui, après avoir tranquillement traversé tout le terrain, avait déchargé son revolver sur lui, avant d'être abattu à son tour par les gardes du corps !

– « *Je donne les instructions nécessaires* », me dit-il dans un français qu'il maîtrisait à la perfection, « *pour qu'on vous conduise immédiatement, ton père, ton frère et toi-même, à l'aéroport d'où un pilote vous amènera à Alep, dans mon avion personnel* ».

Il s'agissait d'un biplan qui mit quelque quatre heures à parcourir les cinq cents kilomètres qui séparent Damas d'Alep, avec un vent à ce point contraire que le défilement du désert, sous nos pieds, interrompait de temps en temps sa course avant de repartir poussivement !

À Alep une ambulance nous attendait et mon père, envahi par la fièvre, se trouva enfin sur le billard.

Et puis, avec mon frère, ce fut l'attente, longue, très longue, noyée d'espoir et de crainte, comme si… Deux fantômes perdus, errant dans une ville grouillante mais inconnue, comme dans un rêve, se réfugiant dans un bistrot, près de l'hôpital, seul point de repère. En silence, mais un silence pesant, terriblement loquace, comme si… Devant un verre d'arak, en attendant le verdict. Mais heureusement ensemble !

– « *Imagine-toi que tu te sois trouvé tout seul* », me martèlera mon ami Arthur, sans doute pour me remonter le moral, quand, quelques années plus tard, le sort viendra, aussi brutalement, me séparer de ce compagnon !

De retour à l'hôpital, le carabin, dans toute son horreur, comme savaient alors trop souvent en fabriquer les facultés de médecine, personnage que l'on ne revit d'ailleurs jamais plus par la suite, n'y alla pas par quatre chemins :

– « *Voila, j'ai opéré votre père mais vous me l'avez amené trop tard ! J'ai fait tout ce que je pouvais faire !* ».

– « *Mais, une récession intestinale… ?* », osa suggérer mon frère.

– « *Jeune homme, je ne vous ai pas attendu pour apprendre mon métier ! Je n'ai même pas pu suturer l'intestin !* ».

En fait, mon père faisait une paralysie intestinale et il mit une longue semaine à s'éteindre, le dimanche 22 août 1954. Pendant cette semaine, notre seul souci, avec mon frère, fut de faire en sorte que mon père ne réalise pas qu'il était condamné. Y sommes-nous parvenus ? Mon ami Arthur dont j'ai souhaité à plusieurs reprises recueillir l'avis à ce sujet s'est toujours obstiné à rester muet !

Par contre, il m'a convaincu qu'il fallait accepter la mort, certes parce qu'elle ne nous laisse pas le choix, mais aussi et surtout parce que toute chose n'existe que par rapport à son contraire, ce qui signifie que la vie n'a de valeur que parce qu'elle a une fin !

Le roman d'Henri Troyat "*Le jugement de Dieu*" en est une démonstration amusante. C'est ainsi, par un sourire, que mon ami Arthur m'a conseillé de terminer ce chapitre, avant de conclure.

Dès lors, la seule consolation qui nous reste, face au départ des êtres qui nous sont chers, est de cultiver leur souvenir, comme un précieux trésor héréditaire, pour reculer, autant que faire se peut, l'échéance de l'oubli, la mort absolue.

Puisse ma biographie servir d'exemple !

Chapitre 3

Ma mère

Quel hommage meilleur puis-je rendre à ma mère,
Outre mes souvenirs, que de citer aussi
La tendre poésie inspirée à mon père,
Que "L'aile du rêve" fait voler jusqu'ici ?

1
Poèmes

Je n'ai pas le moindre souvenir d'une quelconque dispute entre mes parents. Je ne les revois même pas en train de se bouder. Lorsque mon père grondait un de ses enfants – et je sais que les deux aînés le méritaient bien parfois, d'ailleurs presque toujours de conserve – ma mère, avocate du diable, était passée maître, mais sans complaisance, à trouver des circonstances atténuantes à ses chenapans. Mon père lui vouait une grande vénération et je crois savoir que, vingt-cinq ans après leur union, seule la mort pouvait les séparer.

Peut-on porter un jugent un tant soit peu objectif sur la beauté de sa mère ? Sans doute pas, puisqu'elle est toujours, par hypothèse, "*la plus belle des mamans*" ! C'est pourquoi je me contenterai à ce propos de trouver que mon père avait incontestablement bon goût et de laisser mon lecteur juge à la page suivante. Avec des amis, dans le cadre de l'Alliance française, ils avaient donné "*Les Romanesques*", cette comédie d'Edmond Rostand, lors de deux soirées, les 29 et 30 juin 1939, à Melbourne où mon père étai alors en poste. Ma mère tenait le rôle de *Sylvette*.

Isabelle Puaux dans « *Les romanesques* »
d'Edmond Rostand

En tout cas, mes souvenirs me la présentent toujours comme immanquablement très élégante et omniprésente dans le foyer, aux cotés de mon père, y compris dans sa vie professionnelle, ce qui lui a valu la médaille de la France Libre, au lendemain de la guerre.

Elle est passée maîtresse dans l'art d'organiser la réception des hôtes officiels des postes dont mon père avait la responsabilité, qu'il s'agisse de conférenciers, de maîtres artistes, de personnalités politiques…

Elle avait l'œil partout. Lors d'une méga réception du 14 juillet, je la revois en train de donner instruction au maître d'hôtel pour préparer discrètement un carton de petits-fours destinés à une invitée nécessiteuse qu'elle avait vu en chaparder au buffet dans son cabas.

*

* *

Voici donc, avant mes propres souvenirs, quelques-uns des poèmes que ma mère a inspirés à mon père…

SES YEUX

Clairs ou sombres suivant l'humeur du temps vorace
Bistres ou bleus ou verts ou noirs ou mordorés,
Nul n'a jamais bien su de quels tons colorés,
Lacs ou forêts ? Tâchés d'une fleur si fugace

Brillent ces deux joyaux vivants, multicolores,
Des orgueils conjugués de voir et d'être vus.
Quand surgit le complot qu'une bouche élabore,
Y rampant alentour, fauves, des baisers nus.

Sous la touche avivée d'un kôhl tout frais d'espoir
Le sourcil, ce massif épilé de joncs noirs,
Comme courbés au vent du large : le navire
Chancelant de la peur voyageuse y chavire

Et lorsque menacés d'âpre colère, ils clignent
Sourdement, si punis d'un coup de patte d'oie,
En giclent, jets d'argent, des feux durs que soulignent
Des lueurs de poignards et d'éclairs en convoi.

Sont-ils pas le reflet vague de l'infini
Quand d'un amour trop vif la fatigue les cerne,
Refusant de courber leurs pavillons unis
Qu'un voile de cheveux frémissant met en berne ?

Et dans leurs fonds mouvants volent – freux ou colombes –
Les oiseaux échappés de la cage du cœur.
Eteins en leur volcan tous les reflets de tombe,
Car j'en ai tant connus, tôt livrés à l'horreur.

Baisse-les vers ton ventre où les douceurs abondent
Pour me faire oublier, ô fin de mon amour !
Qu'en leur gloire sacrée de lumière féconde,
Soleils de mon azur, ils s'éteindront un jour !

SES MAINS

L'avant-bras, précieux, ondule en col de cygne,
Blanche et floue la main nue offre son geste en vain
Hors la manche en folie et la tunique, ô main,
Instrument doux de songe et de caresse insigne.

Mains d'air, de feu, de pourpre, écartelées du signe
De cinq fleurs d'incarnat jetées comme un levain
Dans la crispation du monotone grain
Semé vers le couchant où l'or figé se signe.

Mains folles que la griffe affile en chaude lame,
Mains lâches ! quels doigts vifs et bouillants fouillent l'âme !
Mains de victoire en deuil, serties de trahisons,

Mains de sang fatiguées, avilissants reptiles,
Mains apaisées de pleurs et de baisers habiles,
Mains de nacre au repos, baumes de guérison !

SES BRAS

Tes bras lourds élevés dressent l'ovale pur
Lentement dessiné d'une chair de délices,
Contours chauds et marbrés d'une promesse lisse
Où s'inscrit le câlin frisson d'un bien futur,

Païen grandissement qu'un regard rend très sûr
Et la menteuse étreinte agrémente la lice,
Sinon, t'y noierais-tu, vaincue par la malice
Des ambitions sues dont s'affermit le mur ?

Pleure ton sang d'un cœur d'orgueil invétéré,
D'omission tragique et d'instable durée,
Mais abaisse ton bras et souris et m'indique

Le Dieu en qui tu crois, l'ange qui t'a eue vierge,
Viens ! accompagne-moi vers la royale auberge,
Montre-moi l'ostensoir fleuri sous le portique !

SON SOURIRE

Palpitant voile bleu tout embué d'amour,
C'est, passés ses plis nus un étrange domaine
Où se noierait le doute en la sylve prochaine
Si l'on pouvait, heureux, y accéder un jour.

Mais léger, si léger, c'est pourtant une tour
Impénétrable et rude au milieu de la plaine,
Méprisant la prière et l'attaque et la haine
Qui superbe se meut, hautaine en ses atours.

Construction savante où tout toi participe,
La bouche, l'œil, la joue, la raison, le principe,
Peut-être un peu aussi ce pèlerin, ton cœur !

Mais que m'importe au fond ? Car c'est mon triste rôle
De brûler, patient comme une luciole,
Devant cet astre clair, lune de ma ferveur !

MATERNITÉ

Détaché de toi-même en un séisme obscur
De ta chair dédoublée dans cet arrachement
Frêle un poumon nouveau si convulsivement
Jette son premier cri virginal dans l'air dur

Du choc et du sursaut qui navra ton flanc mûr
Du bestial orgueil qui couronne un tourment
Joli dit-on quel est celui ingénument
Dont l'âpre souvenir te paraîtra moins sûr

Exténuée exsangue et en pleine déroute
Tu souris ton grand œil intrigué de ce doute
D'où le bourdonnement de ta tête ou des cloches

Devant dans la fraîcheur de cette destinée
Faire assavoir aux monts aux mers aux lacs aux roches
Que jetée dans la nuit chétive une âme est née

SA CHEVELURE

Parure surannée d'Eve en pleurs, ancienne
Tiare consacrée que respecte la Mort,
Serpents lovés, serpents cheminant sans remords
De la vierge païenne à la vierge chrétienne !

Souples liens de jais ou de feu, lourdes armes,
Chaîne étrange et sinistre et lisse et sans maillon,
Le pieux souvenir en orne un médaillon
Dont le verre s'embue à la vapeur des larmes.

En ce lac pur se mire et sourit un œillet
Fier de ce lit d'amour qu'il rougit de son ode.
D'aussi fauves reflets qu'au galbe des commodes
Y luisent dans l'odeur trouble du cannelier.

Il en sourd les parfums et les bruits de la mer,
Onde désordonnée, onde de liens veuve
Et qui coule en cascade ainsi qu'un puissant fleuve
Fuyant, ivre de joie, ses rivages amers,

Inondant de chaleur le marbre de l'épaule,
Le buste éblouissant de nœuds multipliés
Dont la candeur se fond en ce flot doux noyé
Pour retomber enfin, voûte ombreuse de saule !

Mer fine aux havres blancs d'où surgissent deux seins,
Presqu'îles couronnées de larges fleurs écloses,
Asile des torpeurs et des peines moroses
Où, dévot, le baiser errant met son sceau vain !

Et si je dois un jour aux rites funéraires
Abandonner un corps partant pour l'Innomé,
Je prendrai en ce champ par l'hiver embrumé
Une gerbe d'argent pour ton vase cinéraire.

SA BOUCHE

Torrent qui roule
Ici et là
Parmi sa houle
De-ci, de-là,
Sa cantilène,
Amour et peine
Pour son plaisir,
Insulte et rire,
Cri et soupir,
Meilleur et pire !

↓

Tout, le sarcasme
Et le phantasme,
L'enthousiasme
Et le cantique,
L'appel d'effroi…
O source orphique
De chaud, de froid,
Dont la musique
Gaie ou tragique
S'épanche en moi !

Dis tes louanges,
Fleur d'harmonie !
Chants de mésange
Et mélodie,
La voix d'un ange
S'élève et prie…
Rythme et ivresse,
Chant de tendresse,
Cœur en détresse
Qu'un mal oppresse…

↓

Dent positive
Jamais oisive,
Langue allusive
Peu désœuvrée,
Lèvre affairée
À l'arabesque
Jamais pareille,
Belle groseille
Saignante ou presque
T'envie l'abeille !…

↓

Tentant abîme
Pour le baiser,
Abri du crime
Et du péché
Qui veut sa dîme !
Plaie de mystère,
Invite chère
Plus qu'implicite,
Grave prière
Qu'un cœur n'évite !

↓

Rive qui ronge
L'impur mensonge,
Fleuve fleuri
Qui pleure et rit
Sa vie profonde,
Fleuve qui gronde,
Qu'un doux murmure
De paix abonde
Sur ta blessure,
Douleur féconde !

Fiévreuse entaille
Qui s'entrebâille
En vol de perles,
Coffret ou bouge,
Mâle et femelle
Synthèse en rouge
Du bien, du mal,
Faite, ange ou gouge,
D'un pur métal
Vivant et rouge

↓

De ce calice
Couleur d'aurore
Vient le supplice

Qui me dévore,

Tourment, délice !
Ma foi t'implore,
Gouffre et citerne
Qu'un rayon dore,
Où je discerne
L'azur encore !

↓

Torrent qui roule
Ici et là
Parmi sa houle
De-ci, de –là,
Sa cantilène
Amour et peine
Pour son plaisir,
Insulte et rire,
Cri et soupir,
Meilleur et pire !

SES SEINS

Au-dessus de ton ventre, abri des trahisons,
Pesants appas d'orgueil à la pointe turgide,
O douceur faite marbre et blancheur faite chair,
Chair triomphante au vœu de ta gloire asservie !

Collines parfumées où s'enrichit la brise
De l'haleine salée d'airs méridionaux,
Ah ! quelles hérésies ne pardonnez-vous pas !
Le baiser à leur val de repos s'harmonise.

Aux petits, assoiffés de l'ineffable source,
Aux fleurs épanouies qu'a recélées ton flanc,
Abandonne le flot tiède de tes mamelles
Et leur sourire d'ange au portail de ma vie !

Moi qui, insoucieux de rites nourriciers,
A leur laiteux nectar roboratif préfère
Les terribles alcools frelatés de tes yeux,
Je leur prodiguerai des flambées plus secrètes,
Impériale escorte acheminant l'affront,
Profanation, crime, ô mosquée permanente !

Oh ! les adorer seul ainsi qu'une outre emplie
À éclater de joie – de quels royaux bourgognes ? –
Et, pour te désarmer, mordre dévotement
Les ardeurs jumelées de ces lourdes égides !

2
L'enfance de ma mère et sa vie de femme de diplomate

Isabelle, Marie-Louise Lamy est née à Sens (Yonne) le 24 juillet 1899.

Sa coquetterie lui imposait bien entendu de cacher son âge – péché mignon de la gent féminine – mais, surtout, de celer à tout prix qu'elle était née avant mon père qui, lui, avait vu le jour lorsque le siècle dernier avait un an. Que cela ait pu se savoir lui était insupportable. Aussi, n'hésita-t-elle pas à se rajeunir de cinq ans, en se faisant naître en 1904, auprès des médecins qui l'accouchèrent lors de la naissance en Nouvelle-Calédonie du benjamin de la famille. Du coup, l'acte de naissance de celui-ci porte en marge une mention rectificative par ordonnance du président du tribunal civil de Nouméa !

Mon grand-père maternel était cadre dirigeant d'une entreprise métallurgique dans le Nord, de telle sorte que ma mère y fit ses études primaires et secondaires à Anzin et qu'elle passa à Valenciennes, en pleine guerre de 1914 – 1918, son brevet.

Il s'agissait d'un diplôme, devenu le Brevet Élémentaire du Premier Cycle (BEPC), puis le Brevet des Collèges, qui avait à l'époque incontestablement une certaine valeur et qui constituait en tout cas la garantie que son détenteur possédait plus que correctement la langue française. Loin s'en faut, aujourd'hui, du baccalauréat, voire de diplômes d'études supérieures, comme nous allons avoir l'occasion de nous en rendre compte !

La preuve en est que ma mère ne faisait strictement pas la moindre faute d'orthographe et qu'elle était trapue en syntaxe. La fameuse grammaire française "*Le bon usage*" de Maurice Grevisse en mains, je m'amusais parfois à essayer de la prendre en défaut, par exemple sur le casse-tête de l'accord du participe passé des verbes pronominaux. En vain, peine perdue et, en prime, je risquais moi-même d'y perdre mon latin !

Cette formation lui permettra, bien plus tard, de rendre de réels services autour d'elle. Il est vrai qu'avec ses quatre enfants elle est retournée à l'école, d'abord pour les élever, ensuite pour suivre leurs études. Je me souviens des discussions que nous avions avec mon père, notamment pendant nos repas, et ma mère n'en perdait pas une bouchée !

Début 1928, elle rencontra à Paris celui qui allait devenir mon père. C'était au siège de l'entreprise sarroise où il travaillait et qui s'apprêtait à l'envoyer en mission en Chine. Qu'à cela ne tienne. Ils se donnèrent rendez-vous pour convoler en justes noces, le 26 septembre de la même année, devant un consul de France et… derrière la Grande Muraille.

Aller de Paris à Tientsin représentait à ce moment là, pour une jeune fille, une véritable expédition de quelque dix mille kilomètres… ce qui n'était qu'un prélude à ce qui l'attendait ! Accompagnée par un prêtre qui allait tenter de prêcher sa bonne parole aux bouddhistes et d'un diplomate qui rejoignait son poste avec sa femme, elle fit le périple évidemment via le transsibérien.

Ma mère était catholique ; mon père était protestant !

Aussi, pour obtenir du "*Vicaire Apostolique de Tientsin, en vertu des pouvoirs accordés par le Souverain Pontife à l'Ordinaire du Vicariat*", l'autorisation de se marier, fallut-il qu'ils promettent "*de faire élever leurs enfants dans la religion catholique*" et, pour mon père, "*de laisser son épouse observer toutes les lois de la religion catholique*", ce qui permit à l'ordonnateur de conclure "*A cet effet, je relève la partie catholique de toutes les peines ecclésiastiques qu'elle aurait pu encourir*".

En foi de quoi, de leurs quatre fils, le seul qui ait été baptisé est le benjamin, le 31 mai 1942, et, encore, à l'église protestante de Nouméa, appartenant au "*Groupe du Berceau*" !

Il a bien fallu, en ce qui me concerne, que j'obtienne, pour me marier, le moment venu, le 26 juin 1965, l'autorisation du Ministère des Affaires Étrangères où je travaillais alors !

En parcourant la vie de mon père, j'ai déjà laissé largement entrevoir une grande partie de ce que fut celle de ma mère, qu'elle passa à suivre son bourlingueur de mari et à élever ses quatre fils, elle qui était la cadette d'une famille de… quatre filles !

À vrai dire, paradoxalement, ma mère était d'un tempérament assez casanier et, dès qu'elle le put, après un dernier purgatoire de cinq ans en Autriche, où le Quai d'Orsay lui procura un job à notre ambassade à Vienne, juste après la mort de mon père, elle se sédentarisa enfin définitivement à Paris à partir de 1960.

Ainsi, j'ai divisé la vie de ma mère en trois tiers sensiblement égaux, ce qui est bien commode pour y voir clair.

Après un premier tiers auprès de sa propre famille, puis un deuxième passé aux côtés de son mari, tout en élevant ses quatre fils de par le monde, ma mère vécut le troisième tiers de son existence de façon beaucoup plus tranquille.

Du coup, elle était plutôt sévère dans son jugement sur la vie diplomatique. Il est vrai que la guerre n'avait guère arrangé les choses, mais même après…

Les déménagements ? Une bonne vingtaine !

– « *Trop c'est trop* », soupirait-elle, parce que le "*raz le bol*" ne faisait pas partie de ses expressions. Sans compter la casse, les pertes ou les vols, allez savoir, et, en prime, la nécessité de laisser, par la force des choses, des affaires au garde-meubles et d'en vendre et d'en acheter d'autres.

Les études des enfants ? Une bonne douzaine d'établissements !

Si “*les voyages forment la jeunesse*”, trop c’est trop, estimait ma mère, ici encore, sachant que mes parents avaient rarement eu recours à la solution, qu’ils estimaient trop radicale, de l’internat en France.

Les amis ?

– « *Taratata !* », plaisantait-elle, elle qui était pourtant d’un caractère très jovial et qui savait ce qu’est l’amitié.

– « *À peine s’en fait-on, des amis, que les aléas des nominations vous séparent et que d’éventuelles retrouvailles tiennent du miracle !* ».

Une vie mondaine, agréable et aisée, avec domestiques et sans souci matériel ?

Certes, mais gare à la douche écossaise quand on revient en France tirer le diable par la queue.

Et puis, adieu parents, sœurs, cousines, cousins, nièces et neveux…

Ajoutons les dangers du métier ! Ma mère avait été particulièrement affectée par le drame qui avait frappé une camarade d’enfance dont le fils, diplomate de carrière, ami de mon frère aîné, avait perdu, il y a une vingtaine d’années, deux enfants dans une embuscade, dont les circonstances n’ont jamais été élucidées, à la frontière entre la Mauritanie et le Maroc, où il était en poste.

3
Un don pédagogique

Une fois qu'elle fut installée à Paris, dans son XIVème arrondissement de la Porte d'Orléans, j'allais régulièrement chercher ma mère pour qu'elle vienne passer le week-end chez moi, dans mon XIXème des Buttes Chaumont, avec ses petits enfants et ma femme, à partir de 1974, après mon retour de Nantes.

En semaine, elle donnait des leçons particulières à des gamins de son quartier. Il s'agissait d'élèves de 6ème, 5ème ou 4ème, qui étaient littéralement en perdition scolaire, notamment dans l'apprentissage de… leur langue maternelle, et qu'elle s'évertuait à remettre sur les rails. Elle le faisait pour arrondir ses fins de mois, mais elle y mettait toute son ardeur, car elle avait une prédilection pour ce qui s'avérait être une véritable vocation. Ses propres enfants y étaient sans doute pour quelque chose, auxquels elle avait pu servir d'institutrice pendant leur enfance mouvementée.

Elle m'entretenait souvent de plusieurs constatations qui lui donnaient le vertige, tant, à ses yeux, le gouffre était profond et tant il ne cessait de se creuser, année scolaire après année scolaire.

Il était déjà question, bien entendu, de la catastrophique dégradation de l'orthographe, assortie d'énormes lacunes grammaticales et d'un appauvrissement affligeant du vocabulaire.

Elle en voulait beaucoup aux pouvoirs publics qui, à son avis, portaient une très lourde responsabilité dans cet état de choses. Elle fulminait, par exemple, contre la fameuse méthode dite "*globale*" pour l'apprentissage de la lecture et contre ce qu'elle considérait comme les "*ravages*" que cette "*ânerie*" avait engendrés.

– « *Mais pourquoi diable* », me répétait-elle, comme un leitmotiv, « *vouloir changer à tout prix une méthode qui a fait ses preuves ? Si le contenu change et nécessite des mises à jour, il ne faut pas pour autant jeter le bébé avec l'eau du bain ! Ils ne savent plus quoi inventer ! Il ne s'agit pas de faire une course contre la montre. Au contraire, tandis que l'on apprend aux enfants à déchiffrer les mots, il faut prendre le temps nécessaire pour leur permettre de s'imprégner de leur orthographe, c'est-à-dire de la façon dont ils sont habillés !* ».

Elle n'avait pas tort.

Un ministre, surtout de l'Éducation Nationale, se doit d'inventer "*sa réforme*", sinon il risque de finir dans des oubliettes. Et pourtant, quand mon ami Arthur m'a demandé de lui en citer seulement une douzaine depuis Jules Ferry, force m'a été de donner ma langue au chat. À croire que les réformes disparaissent avec leurs auteurs et réciproquement !

Ce que ma mère ne savait pas, c'est à quel point elle avait raison de s'alarmer et jusqu'où les pouvoirs publics allaient laisser le mal se répandre, avec des dégâts collatéraux à tous les niveaux, primaire, premier cycle du secondaire et, désormais, deuxième cycle du secondaire et même supérieur !

Où cela nous a-t-il conduits ?

On ne compte plus, sur le sujet, les témoignages et les prises de position, certaines retentissantes, des enseignants, instituteurs et professeurs, ainsi que des linguistes, de telle sorte que l'on a l'embarras du choix, d'autant plus qu'ils convergent quasiment tous pour crier "*SOS*" !

L'orthographe et la syntaxe, tout d'abord ?

Certes, peut-on toujours s'amuser à considérer, avec Alphonse Allais, que "l'*orthographe est la science des ânes*" ou, avec Stendhal, que "*l'orthographe ne fait pas le génie*" ou, avec Raymond Queneau, que "*l'orthographe est plus qu'une mauvaise habitude, c'est une vanité*" ou, avec

Paul Valéry, que "*faire de l'orthographe le signe de la culture* [...] *signe des temps et de sottise*" etc.

Comme toute boutade, celles-ci ont leurs limites. En l'occurrence, elles ont été dépassées depuis longtemps et même, désormais, totalement perdues de vue. En changeant d'ampleur, le problème a *de facto* changé de nature. Et puis, que je sache, ces hommes de lettres ne se sont pas particulièrement distingués eux-mêmes par leur hétérodoxie orthographique.

Et mon ami Arthur d'y aller de sa propre boutade.

– « *Il parait que Napoléon 1er faisait des fautes d'orthographe. Alors, faisons-en aussi et on pourra prétendre devenir empereur !* ».

En tout cas, ma mère considérait, comme une évidence absolue, que le destinataire d'un quelconque écrit contenant des fautes d'orthographe ne peut pas ne pas se poser des questions sur la personnalité de son auteur, indépendamment de sa désinvolture.

Danièle Manesse, professeure universitaire, et Danièle Cogis, maître de conférences, toutes deux en science du langage, auxquelles se sont jointes deux professeures des écoles, ont récemment reproduit à l'identique une démarche de 1986-87, au moyen d'une enquête auprès d'un échantillon particulièrement représentatif de 2.767 élèves venant de 123 classes, du CM 2 à la 3ème, âgés de 10 à 16 ans. Les résultats, publiés sous le titre "*Orthographe : la faute à qui ?*" (ESF éditeur – 2007), sont sans appel. Ils révèlent en effet une dégringolade significative depuis vingt ans. Dans la même dictée (un texte de Fénelon de 83 mots), les "*erreurs*" (on ne dit plus "*fautes*" à connotation par trop culpabilisante) sont, en moyenne et sur l'ensemble de l'échantillon, multipliées par presque 1,7 (de 16 à 27) et les élèves de 5ème sont aujourd'hui au niveau de ceux du CM 2 en 1987 !

L'étude montre en outre que les dégâts se sont étendus à la grammaire, en particulier en ce qui concerne les conjugaisons et les accords.

Pour expliquer le phénomène et son aggravation constante, les enquêtrices suggèrent plusieurs pistes, depuis la désacralisation de la norme jusqu'à la difficulté de trouver un juste milieu dans l'opposition manichéenne entre les acquis de la tradition et ceux de la linguistique moderne, en passant par le culte de l'image avec l'envahissement des foyers par une télévision omniprésente, la réduction à l'école du temps consacré à l'étude du français, la désaffection pour la lecture, l'usage abusif des jeux et messages électroniques etc.

Bref, un faisceau qui est en train de déboucher sur une réelle crise de société !

Après la détérioration de l'orthographe et de la syntaxe, le déficit lexical ?

À force de "*se refiler la patate chaude*", selon l'image de nos linguistes, entre l'école primaire et le collège, par suite d'un manque évident de coordination au sommet, voilà que la gangrène a fini inexorablement par envahir le deuxième cycle du secondaire et même l'université, gagnée par cet autre mal, déjà déploré par ma mère chez ses jeunes élèves, à savoir l'appauvrissement du vocabulaire.

La dégradation de la panoplie du vocabulaire est spectaculaire. Un autre universitaire, également linguiste, Michel Mathieu-Colas, l'a démontré. Il a demandé à des étudiants en licence de lettres, donc après douze années de primaire et de secondaire, de définir par écrit certains mots.

Voici, pêle-mêle, quelques-unes des réponses recueillies : "*hexagone ?*" = "*triangle qui a beaucoup de côtés*", "*hémicycle ?*" = "*vélo à une roue*", "*polygamie ?*" = "*qui associe plusieurs jeux*", "*omnipotent ?*" = "*qui a tous ses membres*", "*gérontologie ?*" = "*science des fossiles*" ou "*étude des dinosaures*", "*hégémonie ?*" = "*caractère homogène*", "*xénophobie ?*" = "*peur de l'enfermement*", "*homicide ?*" = "*meurtre à domicile*", "*autochtone ?*" = "*qui aime vivre la nuit*", "*sporadique ?*" = "*drogué du sport*", "*vade-mecum ?*" = "*un dentifrice*", "*velléitaire ?*" = "*vieux*" ou "*dépassé*", "*obsolète ?*" = "*qui pense être dans son droit*" ou "*bagarreur*" ou "*ambitieux*" ou "*courageux*", "*cacochyme ?*" = "*rancunière*", "*occulter ?*" = "*examiner*", "*concis ?*" = "*développé*", "*éphémère ?*" = "*éternel*", "*antibiotique ?*" = "*qui sert à lutter contre les insectes*" etc.

Un gag ? Non, pas de la part de l'enquêteur !

Faut-il néanmoins en rire ? En tout cas pas longtemps, car il y va d'un grave phénomène qui finit par poser de véritables questions existentielles de compréhension et donc de communication. Celle-ci en devient en effet parfois carrément brouillée de malentendus. On ne se comprend plus ! On ne parle plus la même langue !

La ponctuation ? Les accents ?

La revue belge "*Francophonie vivante*" a publié début 2008 une étude de Line Sommant, docteur en linguistique, pour qui "*l'explosion des nouvelles technologies a transformé la façon d'écrire*" et de donner comme exemple, entre autres, l'abandon pur et simple de la ponctuation, qui conduit, comme la perte des accents à laquelle on assiste également, à une véritable rupture entre l'écrit et l'oral, une partition musicale d'où on aurait ôté tous les symboles !

En conclusion de ce sous-chapitre, mon ami Arthur en arrive à se demander si ce n'est pas précisément cette rupture d'avec le langage, tant écrit qu'oral, celui-ci constituant pourtant une défense redoutable quand on sait bien la manier, qui explique que l'on puisse évoquer un prétexte futile – un regard de travers – pour recourir à d'autres armes !

En d'autres termes, force est de constater que trop souvent aujourd'hui la violence s'allume quand la parole s'éteint !

4
Les vieux jours de ma mère

Ma mère aimait à raconter les misères de souvenirs que lui laissait son régime alimentaire pendant la grande guerre, qu'elle traversa donc en même temps que son adolescence. Trop souvent, à son goût, les topinambours remplaçaient les navets, qui se substituaient aux rutabagas… Elle en déduisait qu'il ne fallait pas chercher ailleurs la cause de ses déboires de santé. Le rapprochement ne me paraissait pas, quant à moi, sauter aux yeux. En effet, je garde d'elle le souvenir d'une bonne santé, quoique ponctuée par des avatars qui, pour être souvent extraordinaires, n'en avaient pas moins apparemment guère de rapports avec un quelconque tubercule potager.

Ainsi, à la suite d'une prise de sang pratiquée par un souillon d'infirmière, un panaris au pouce de la main droite, sa préférée, la cloua plusieurs jours d'affilée, à son grand dam, dans un hôpital d'Alger, en septembre 1944, au moment précis où tout le reste de la famille regagnait Paris. Comme si cela ne suffisait pas, mon père reçut, le surlendemain, un télégramme particulièrement alarmant, qui, en fin de compte, s'avéra être une erreur de transmission ! Le mal n'en sonna pas moins pour ma mère le glas de la pratique du piano, qui était un de ses hobbies chéris. En écrivant ces lignes, je l'entends jouer une sonate de Chopin !

Puis, en Belgique, après une fausse alerte qui avait laissé supposer le pire, elle se fit enlever à quarante-huit ans pratiquement tout ce qui était devenu superflu sur le plan génital, se souvenant que sa propre mère avait payé de sa vie son hésitation à suivre la même voie, à une époque, il est vrai, où ce type d'intervention chirurgicale n'était pas sans risques.

Puis, en 1954, un kyste hydatique incrusté dans le foie, poche monstrueuse où se développent à l'état larvaire des ténias du chien, nécessita une opération délicate pratiquée à Alep par le même chirurgien que celui qui a porté sa part de responsabilité dans la mort de mon père quelques mois après.

Puis, énièmes récidives d'une dysenterie amibienne qu'elle avait ramenée de Nouvelle-Calédonie, avec des hauts et des bas, mais dont elle ne se débarrassa jamais complètement.

Puis, une maladie de Bouvret, provoquant des perturbations dans le rythme cardiaque etc.

Bref, cela ne l'a pas empêchée d'atteindre sa quatre-vingt-douzième année, où elle s'est éteinte comme une bougie, avec les mêmes soubresauts finals !

Puis tout a commencé par un truc dont je ne soupçonnais même pas l'existence, une "*crise d'hospitalisme*", que me signala un toubib de cousin dans la clinique duquel ma mère se trouvait. Le fait est qu'un réveil de ses amibes, assorti d'une ptose de certains organes, avait nécessité plusieurs bricolages dans différents établissements, ce qui ne m'avait pas alerté outre mesure mais ce qui avait pris du temps. Aucun membre de la famille, pas plus moi-même au demeurant que les autres, bien que je lui rendais régulièrement visite, plusieurs fois par semaine, le soir, après mon travail, n'avait vu le temps passer. Routine, vie familiale, vie professionnelle, solution de facilité… ? Quoi qu'il en soit, trois ou quatre mois passèrent, autant qu'il m'en souvienne, et ce fut le trop plein !

Ma femme me proposa alors que ma mère vienne vivre chez nous. Sans trop réfléchir, vu l'urgence, je lui en fus gré. Puis ce fut un branle-bas de combat : liquidation de l'appartement du XIVème arrondissement, déménagement (encore un !), acceptation par mes deux filles, qui avaient 17 et 19 ans, de faire chambre commune de façon à en libérer une autre où ma mère s'installa donc. Je reste aujourd'hui tout à fait persuadé que cette solution, qui dura deux ans, tout en présentant des inconvénients, et pour ma mère et pour nous, était la moins mauvaise de toutes celles qui étaient envisageables à l'époque.

Je garde de cette période un souvenir aussi précieux qu'un vieux bijou de famille inestimable. Le samedi ou le dimanche, parfois les deux selon notre humeur et la météo, en suivant un rituel auquel nous avions donné, l'un et l'autre, une certaine solennité, nous allions faire les cent pas aux Buttes Chaumont. La promenade, qui durait généralement à peu près deux heures et qui nous faisait faire le tour du lac, était entrecoupée d'un jus de tomate, dégusté lentement avec du sel au céleri, à la terrasse du bistrot du parc, au milieu de ses arbres imposants, dont ma mère se plaisait à dire que chacun d'entre eux avait deux ou trois fois son âge !

Pas plus que mon père, je pense que ma mère ne croyait guère à un quelconque au-delà. Cela ne l'empêchait pas, bien au contraire, de s'intéresser à l'histoire de l'univers ainsi qu'à celle de l'humanité. Cela ne nous empêchait pas, bien au contraire, de refaire régulièrement le monde ! Lorsqu'elle me demandait, sans trop de conviction, si je croyais que c'était Dieu qui avait créé l'homme, je la faisais sourire en lui répondant que, ma foi, je n'en savais trop rien, mais que j'étais par contre assez convaincu de l'inverse !

Et puis, l'être humain étant ce qu'il est, à savoir éminemment changeant, voire versatile et même contradictoire, eh bien c'est sans doute ce qui explique qu'il ait pu, au cours des âges et sous diverses latitudes, en créer plusieurs, mais qui se ressemblent pourtant tous étrangement. Ainsi, par exemple et bien que cela pourrait paraître paradoxal si l'on ne se trouvait pas dans un domaine mystérieux, chacun d'eux a ces attributs d'être à la fois universel, omniprésent, tout-puissant, unique et éternel. Ainsi encore, ils ont tous posé, par l'intermédiaire d'un interprète, des principes qui, pour être plutôt sensés dans leur ensemble, n'en comportent pas moins une myriade d'exceptions ! Ainsi derechef, leur appétence pour les dévotions qui leur sont destinées est incommensurable et d'ailleurs insatiable à tel point que, pour essayer de les satisfaire, il a fallu leur construire, de par le monde entier, d'innombrables lieux de culte spécifiques, à l'entretien dispendieux, parfois proches les uns des autres, et aller jusqu'à inventer, entre autres, des "*moulins à prières*" !

En relisant ce passage de mon manuscrit, mon ami Arthur marque une longue pause et, d'un air très interrogateur, me demande :

– « *Bon ! D'accord ! Mais trêve de plaisanterie, ne se pose-t-il pas là, alors, un problème et même, qu'on le veuille ou non, un "sacré" problème ?* » !

Il me revient d'ailleurs à l'esprit une petite histoire qui avait particulièrement amusé ma mère et moi aussi, du même coup, vu sa réaction. Je lui avais expliqué, le plus sérieusement du monde, que, si l'on réduisait proportionnellement à une échelle de 24 heures la durée de vie de l'univers, depuis son "*big bang*" d'origine, il y a quelque quinze milliards d'années, jusqu'au jour d'aujourd'hui, eh bien ce n'est qu'à 8 heures du matin environ, le chronomètre n'ayant pas encore été inventé, qu'étoiles et planètes se sont réveillées, pour égayer notre firmament, alors que ce n'est qu'à 17 heures que notre bonne vielle terre, donc pas si vieille que ça, avait daigné se montrer, la paresseuse, et, encore, pas très présentable, avec ses rougeurs, ses boursouflures, ses boutons de fièvre et ses bouffées de chaleur incontrôlées. L'ordonnancement laissait quand même un peu à désirer. Pire, ce n'est qu'à 18 h 40 que les premières cellules, déjà l'ADN, firent leur apparition, en attendant, aux alentours de 22 heures, les premiers animaux et les premières plantes qui ressemblaient à quelque chose de reconnaissable. Et puis, décidément quel bricolage, il y eut le loupé des dinosaures, qui ne firent qu'une entrée et une sortie, puisque, arrivés à 22 h 48, ils repartirent, pas très gâtés par Dame Nature, il est vrai, laquelle leur infligea de surcroît un tems à ne pas mettre un chien dehors, mais sans perdre leur sang froid pour autant, dès 23 h 44, même pas une petite heure après. À croire qu'ils ne se sont guère plus dans ce qui allait devenir enfin, après encore bien des essais d'hominidés plus ou moins bien réussis et éphémères, notre "*chez mous*", auquel on donna le nom, si je ne m'abuse, de "*domo sapiens*", vers… minuit moins cinq !

Et ma mère de rire de bon cœur, en concluant :

– « *Eh bien, tout cela me rajeunit quand même un peu !* ».

Au bout de deux ans, elle alla habiter pendant trois mois chez celui de mes frères qui est parisien, jusqu'à son départ dans une maison de retraite en banlieue. Celle-ci étant trop lointaine, je finis par obtenir, non sans difficulté, une place dans une institution du XXème arrondissement de Paris et c'est ainsi que j'ai pu organiser la dernière étape de la vie de ma mère.

Seuls ceux qui ont vécu pareille expérience sont à même d'en comprendre et d'en juger tous les tenants et tous les aboutissants. La France se targue souvent d'avoir un système de protection sociale des plus performants, si ce n'est le meilleur au monde. Or, ses maisons de retraite sont trop souvent des asiles de vieillards. C'est pourquoi, dès lors qu'on ne peut plus les éviter, en raison d'un trop grand manque d'autonomie, la seule, l'unique solution un tant soit peu humaine est d'en atténuer l'aspect "*mouroir*" par des évasions aussi régulières et aussi fréquentes que possibles.

C'est la solution que j'ai choisie. Quasiment toutes les semaines, le plus souvent avec une de mes filles, nous allions chercher ma mère pour qu'elle vienne passer les week-ends chez nous, même si c'était, à la fin, en fauteuil roulant et même si, quand l'ascenseur de mon immeuble refusait de nous faire monter à notre 9ème étage, il fallait appeler les pompiers pour leur demander, ce qui est arrivé plusieurs fois, de manier la chaise à porteurs via l'escalier de secours !

Le dernier week-end, j'ai compris, avec douleur, à travers ses yeux et sans qu'elle n'éprouvât le besoin de me le dire, que ma mère, qui avait gardé intacts les quatre-vingt-quinze centièmes de sa tête, se demandait ce qu'elle faisait encore là ! Elle mourut une semaine plus tard, le 30 octobre 1991, à côté de moi.

Chapitre 4

Mon frère aîné, Jean-Claude

On ne choisit jamais un funeste malheur
Mais à la rigueur la façon d'y faire face.
Quand la chance m'offre d'aventure un bonheur
Je n'ai donc de cesse d'y prendre surtout place !

1
Le contexte familial

Ainsi que je l'ai laissé entendre, nous étions quatre garçons. Comme les légendaires "*Fils Aymon*" de la chanson de geste ? Comme les désopilants "*Dalton*" de la bande dessinée de René Goscinny ? Comme les trois mousquetaires qui étaient quatre, en réalité, comme deux frères ? En tout cas nous plaisantions parfois entre nous à l'imaginer !

Malgré les satisfactions que nous avons pu procurer à nos parents, du moins je l'espère, il n'empêche qu'élever quatre enfants, de façon satisfaisante, je l'espère derechef, à travers les années coriaces de la guerre et de l'après-guerre, de surcroît en vadrouille incessante sous toutes les latitudes, relevait souvent de l'exploit.

J'ai consacré ce chapitre à mon frère aîné, qui, né le 21 janvier 1930 à Paris, est resté, dans la famille, "*Jean*" tout court, alors qu'il est devenu le plus souvent "*Jean-Claude*" à l'extérieur, à partir du "*Jean, Claude*" de son état civil. Comme quoi le prénom peut être capricieux, selon les circonstances.

Pourquoi m'en suis-je tenu à lui ? Eh bien pour trois raisons. Tout d'abord, il n'est plus là pour me gronder de le mettre de la sorte en avant ! Et puis, surtout, plus sérieusement, parce que nous étions très proches l'un de l'autre, disons très "*copains*", séparés que nous étions par seulement deux petits ans et demi.

Ce que nous avons pu en faire ensemble ! "*Les quatre cents coups*", étant gamins ? Peut-être pas, encore que... Puis ce fut une authentique complicité à toutes les occasions, l'école primaire, le lycée, en pension, au cours de nos études supérieures, même à propos du service militaire, dans notre vie professionnelle…

En tout cas, ce que je peux assurer aujourd'hui, un demi-siècle après le départ de mon frère aîné, c'est que tout cela est encore bien vivace dans ma carcasse de mémoire !

La troisième raison et non la moindre, "*last but not least*", comme on dit en anglais que nous pratiquions l'un et l'autre couramment, c'est que sa destinée a été particulièrement tragique. Du coup, en essayant de préserver par écrit quelques souvenirs épars, j'ai l'impression, quelque part, de réveiller sa mémoire, tout en me faisant sans doute aussi un peu plaisir en même temps. Tant il est vrai que, quand un être cher disparaît, au-delà de la douleur, le seul refuge qui reste est précisément le souvenir. Et puis, un peu égoïstement, on regrette de ne plus pouvoir partager avec lui ce qui vous arrive par la suite. Dans plus d'une circonstance, nous aurions discuté, au cours d'une de ces causeries que nous avions ensemble et qui occupaient parfois une partie de nos nuits.

Après sa disparition, de cadet que j'étais, je suis devenu l'aîné et je me suis cru dès lors investi, sinon d'une mission particulière, du moins de la responsabilité de donner des conseils à mes deux plus jeunes frères, d'autant plus que notre père n'était plus là non plus et que ma mère était donc seule.

J'ai appris, à cette occasion et à mes dépens, ce qui m'a d'ailleurs été confirmé depuis par mes propres enfants, que les conseils, fussent-ils évidents car dictés par le bon sens, n'engagent que celui qui les donne, qui passe alors, parfois, pour un em… pécheur, sinon de tourner en rond, ce qui pourrait ma foi les justifier, mais tout simplement de danser à sa guise !

Le premier, Bernard, est né le 25 février 1938 à Sydney (Australie), s'est installé assez jeune à Vinon-sur-Verdon (Var), y a construit, lui-même en grande partie, un vaste mas provençal, a épousé une certaine Monique qui avait trois enfants d'un premier mariage, lui en a fait trois autres et a élevé tout ce grand petit monde de façon, ma foi, fort sympathique, tout en devenant ingénieur maison au Commissariat à l'Energie Atomique.

C'est un passionné de vieilles choses et il assouvit sa soif en constituant des collections de ceci et des collections de cela. Parmi elles, une panoplie de fossiles, plusieurs fois exposée avec grand succès.

Le reste de son temps libre, il le passe souvent à chiner, ce qui lui permet parfois d'arrondir confortablement ses fins de mois.

À propos de la passion des collectionneurs, qui vire souvent à la "*collectomania*", j'ai décidé, pour ma part, il y a un bon bout de temps, de ne plus compiler quoi que ce soit, hormis mes ancêtres… sur le papier, que l'on se rassure, avec mes recherches généalogiques. Pourquoi ? Parce que je me suis aperçu que ce genre d'exercice pouvait coûter trop cher, en argent et en temps, sans rien rapporter si ce n'est la passion que l'on y met mais qui est, elle, inestimable. Au fond, la collection c'est comme la vie, on a horreur d'imaginer qu'elle puisse être complète et qu'on peut donc l'arrêter là !

Ceci étant, il est vrai que le virus est parfois particulièrement tenace et pour cause, si l'on en juge par ces trois quatrains libres de R. Delias :

La Brocante

Estimer de vieux objets
Donner de l'estime au passé
Faire d'un vieil arrosoir
Une sorte d'œuvre d'art

Avoir le flair du dénicheur
Etre antiquaire ou brocanteur
Sans peur du bric-à-brac
Dans de vieux greniers qui craquent

Espérer des louis d'or
Frotter la lampe encore et encore
Et comme un vrai génie
Lui redonner une nouvelle vie

Peu avant que j'envoie mon manuscrit à l'éditeur, mon frère Bernard est décédé des suites d'un myélome qui s'est déclaré deux ans auparavant. J'ai décidé de n'en rien changer.

Quant au benjamin, Jacques, devenu Jacky, il est né le 4 novembre 1941 à Nouméa (Nouvelle-Calédonie).

Ma mère, accouchée par un médecin notoirement vichyste, que mon frère aîné et moi-même avons soupçonné du délit d'influence, avait décidé de prénommer le nouveau venu "*Philippe*", jusqu'à ce que nous lui fassions remarquer, avec l'accord tacite du géniteur :

– « *Eh bien, il n'y* a *plus maintenant qu'à demander au Maréchal d'être son parrain !* ».

Après une licence de lettres, il est resté parisien, a une fille et a travaillé dans un centre de la Sécurité Sociale, où il a fini par passer un concours de cadre, ne serait-ce que pour ne plus m'entendre le lui conseiller !

Humaniste, féru d'histoire, érudit, avec une passion pour tous les musées, il a toujours milité dans un parti politique qui se veut proche des catégories de la population mondiale, à la fois laborieuses et au revenu modique. Etant donné les scores de ce mouvement à toutes les élections, il est d'ailleurs permis de se demander s'il ne s'agirait pas plutôt d'un club d'idées, ce qui pourrait d'autant plus se justifier que la majorité de l'Assemblée Nationale est devenue trop souvent une succursale de l'Elysée !

Au fond, je ne regrette finalement qu'une chose à son égard, c'est que je ne pourrai sans doute plus être encore là quand se réalisera enfin ce qu'il m'annonce depuis un demi-siècle comme étant imminent, comme si c'était arrivé demain, à savoir le krach boursier d'octobre 1929, à condition bien sûr que l'histoire se mette à bégayer contrairement à son habitude, suivi d'un "*grand soir*" international !

Une autre de ses passions est le vélocipède qui est devenu son moyen de transport préféré.

Dans son recueil de poèmes, "*L'aile du rêve*", déjà présenté, mon père lui a dédié le suivant :

SEPT ANS

À J.G.P. [Jacques Gérard Puaux]

Mon blond ! ton petit nez retroussé, triomphant,
Ton menton potelé, où rit une fossette,
Inclinent ton minois qui par tes beaux yeux jette
La divine candeur de ton âme d'enfant.

Ta langue rose pend sous un effort charmant
Au dessus d'une page où ta main douce hésite,
Tandis que ta moue vive et si touchante invite
Au baiser duveté de ta joue d'innocent.

La colère soudain assombrit ton front d'ange,
Trouble ton petit cœur gonflé, amer, étrange,
D'un orage effrayant de gros cris et de pleurs.

Assez tôt apaisé mais, grognon, tu soupires
Encore un peu, puis vite éclos en sa fraîcheur,
Radieux se déploie l'arc-en-ciel du sourire.

Mes deux frères cadets ont, chacun, curieusement laissé un même souvenir à mon ami Arthur : la corvée qu'a représenté leur boulot professionnel et, du coup, leur impatience à attendre leur retraite, vécue comme une libération. Et de me demander :

– « *À partir du moment où l'on n'a pas les moyens de vivre de* ses *rentes et que l'on est donc bien obligé de bosser pour gagner* sa *croûte, autant faire quelque chose qui ne vous em… bête pas trop. Non ?* » !

– « *Certes, Arthur, mais tu sais bien que l'on n'a pas toujours le choix et que l'on peut avoir plus ou moins de bol. Non ?* » !

– « *Soit, mais le bol, ça peut aussi se provoquer, au moins en partie. Non ?* » !

Il est vrai, pour ce qui me concerne, que, le bol professionnel en question, je l'ai quelque peu aidé, comme je le montrerai quand mon tour sera venu.

Pour en revenir à mon frère aîné, que j'appellerai dorénavant, pour la circonstance, mon frère tout court, il a passé une licence de lettres et a fait souche à Baden-Baden, où il était provisoirement resté, comme professeur adjoint d'anglais, après le départ de la famille pour la Syrie et jusqu'à ce qu'un drame s'abatte sur sa propre famille. En fait, il ne s'en relèvera jamais !

2
Lancement de Jean-Claude Brialy

Dès les toutes premières pages de ses mémoires autobiographiques, "*Le ruisseau des singes*" (Robert Lafont, avril 2000), Jean-Claude Brialy en a réservé plusieurs aux circonstances qui ont croisé nos chemins, alors que nous étions tous deux élèves de 1ère au Lycée Charles de Gaulle à Baden-Baden et que mon frère y enseignait par intérim, tout en préparant sa licence de lettres.

Ce fut en fait un véritable lancement professionnel auquel celui-ci a contribué, comme l'explique le principal intéressé.

Brialy a traduit en effet dans son ouvrage un souvenir ému des premiers pas théâtraux que lui fit franchir mon frère, en lui mettant ainsi le pied à l'étrier de ce qui devait le conduire à la brillante destinée que l'on connaît de sa vocation de comédien.

On peut en juger à travers ces quelques lignes.

"3. Comment je laissai tomber Marie-José pour Jean-Claude

Cette année-là [1951 : né le 30 mars 1933, Jean-Claude Brialy avait alors 18 ans, tandis que mon frère en avait 21 et que j'en avais 19], *je fis une rencontre décisive pour mon avenir* [...].

Jean-Claude [mon frère] *était le fils du consul général de France* [...]. *Il était très cultivé et connaissait admirablement la peinture, la musique et la littérature. Je le rencontrai dans une de ces surprises-parties un peu chics où il attira immédiatement mon attention. Ses propos m'épataient et j'éprouvais plus de plaisir à l'écouter parler de théâtre, de cinéma et d'art qu'à me frotter contre Marie-José sur une musique langoureuse* [...]. *Un jour que je confiais à Jean-Claude mon envie de faire du théâtre, il me proposa illico de monter une troupe. Je dis oui tout de suite.*

L'idée m'enthousiasmait, mais je n'étais sûr de rien et surtout pas de moi. Saurais-je apprendre les textes de théâtre alors que j'avais été incapable de retenir L'Enéide au lycée ? Avais-je d'autres talents que de faire rire mes camarades de classe ? Je me voyais, à la limite, au music-hall ou dans un cirque mais je ne me sentais pas du tout fait pour la carrière des acteurs que j'admirais véritablement, pour le théâtre classique ou la Comédie-Française ! Heureusement, Jean-Claude Puaux croisa mon chemin, il fut le premier à croire en moi. Il me donna confiance [...]. *Il me parla comme Giraudoux parlait à Jouvet et transforma mes rêves en réalité. La première étape de cet apprentissage divin fut la constitution de la troupe. Il choisit notre première pièce, Le Souper blanc, d'Edmond Rostand : un fils de colonel et moi jouions des pierrots blancs en tutu, une élève de philo, folle d'amour pour Jean-Claude, interprétait Colombine. Jean-Claude avait réalisé le décor : un arc-en-ciel peint sur une toile. Nous donnâmes deux représentations pour une fête de bienfaisance. Ce fut un succès. Mes parents, qui s'étaient dérangés, jugèrent cela " sympathique ". Il valait mieux jouer la comédie que de traîner dans les surprises-parties en fumant, pensaient-ils... Après tout, les répétitions et les représentations ne débordaient pas sur mes heures de classe et j'avais la garantie du fils du consul général de France. Tout cela était plutôt rassurant.*

Fort de notre petite réussite, Jean-Claude décida de monter Topaze, de Marcel Pagnol, et me proposa de jouer le rôle-titre. Jean-Claude ferait Castel-Bénac ; nous nous mîmes en quête d'autres acteurs. Suzon [Cheminal], *la fille de mon professeur de chimie, pouvait être une bonne recrue : avec ses beaux yeux et ses cheveux blonds, elle était aussi jolie que vive et intelligente. Je lui proposai de jouer avec nous, ce qui l'excita beaucoup bien qu'elle n'ait jamais mis les pieds sur une scène. Les premières démarches consistèrent à trouver une œuvre de bienfaisance au profit de laquelle jouer la pièce, et l'association Rhin et Danube accepta d'être notre partenaire. Notre rêve était de jouer l'œuvre au petit théâtre de Baden, un vrai, cette fois, avec une vraie scène, et, là encore, nous réussîmes à convaincre son Herr Direktor. La date fut arrêtée, il restait à répéter et à monter la pièce."*

Pour situer la suite du récit de Jean-Claude Brialy, il faut savoir que la résidence du Consul de France à Baden-Baden était un petit château, à la périphérie de la ville, en bordure de la Forêt Noire. La demeure, qui avait appartenu à un ex-général de la Wehrmacht, avait été réquisitionnée par les autorités d'occupation. Mon frère avait aménagé le grenier en véritable scène de théâtre et c'est là que nous mîmes au point le spectacle, dont il assura la mise en scène et me confia la régie.

Je passe sur les avatars de notre artiste avec son colonel de père, pour qui monter sur les planches équivalait à une déchéance. Il en prend pour son grade !

Puis on a droit aux ruses déployées pour permettre les escapades en vue de venir au château répéter son rôle, comme dans un roman à suspens.

"En bas de l'immeuble, le "gang" m'attendait, c'est-à-dire Jean-Claude et son jeune frère, Pierre, dans la traction-avant empruntée à leur père [...]. J'étais comme dans un film, ivre, drogué de joie, j'avais une symphonie dans la tête et l'impression qu'à partir du moment où je montais dans cette voiture les réverbères de la ville s'allumaient et que la fête commençait. Jean-Claude conduisait comme un dingue jusqu'aux abords de sa maison, où il ralentissait considérablement pour ne pas affoler sa famille. Notre arrivée nocturne dans cette superbe demeure, silencieuse et mystérieuse, digne d'un film de Clouzot, m'intimidait. Le parc était rempli d'ombres, les lanternes grinçaient en dansant. Nous montions silencieusement l'escalier de marbre, longeant les tapisseries et les tableaux, puis nous grimpions quatre à quatre dans le grenier où Jean-Claude avait installé la salle de répétition, et où déjà Suzon nous attendait. Nous répétions jusqu'à trois ou quatre heures du matin. On mangeait du saucisson, du fromage, des fruits, on buvait du vin rouge et l'on travaillait ardemment dans ce théâtre. Jean-Claude débordait d'enthousiasme, il nous expliquait sa vision de la pièce, chacun exprimait son point de vue, c'était le bonheur absolu. Cette expérience fut très importante pour moi car je fis connaissance avec l'ivresse de la répétition et cette sensation unique que l'on éprouve lorsque l'on maîtrise un texte. Jean-

Claude fut un guide extraordinaire, il fit mon apprentissage d'une façon rêvée. Il jouait Castel-Bénac avec intelligence et roublardise, Suzon interprétait son rôle avec justesse et beaucoup d'esprit. Une idylle était née entre eux mais ne se manifestait jamais lors des séances de travail, durant lesquelles nous étions de vrais professionnels, attentifs et concentrés."

Puis Jean-Claude Brialy raconte comment il se fit pincer un beau jour ou plutôt un beau petit matin et le drame qui s'ensuivit, avec démarche téléphonique du colonel auprès du consul. Mais la clandestinité reprit de plus belle et ce fut l'apothéose !

"Nous jouâmes la pièce, ce fut un triomphe ! Un grand succès pour l'œuvre et une reconnaissance pour moi. Je me revois encore à l'issue de la pièce [...]. J'étais le plus heureux des hommes. Depuis ce jour [...], je pense à ce moment de bonheur, à l'instant où pour la première fois de ma vie, j'ai eu l'impression de devenir un acteur."

Jean Marais, qui passait par là, assista au spectacle. Emballé, il vint féliciter les acteurs dans leur loge. Il encouragea Jean-Claude Brialy à persévérer et l'invita à lui rendre visite à l'occasion à Paris...

On connaît la suite de sa carrière !

Des années plus tard, tandis que je me baladais à Paris, attroupement boulevard Saint-Germain. Badaud comme je suis, je m'approche. Jean-Claude Brialy, qui jouais une scène extérieure, m'aperçois. Il plaque tout pour venir me dire bonjour :

— « *Pierre, je te confie Brigitte. Allez prendre un verre Aux Deux Magots. Je vous y rejoins dès que j'ai fini !* ».

Et c'est ainsi que j'ai passé un moment inoubliable en compagnie de Brigitte Bardot !

**Jean-Claude Brialy, en "*Topaze*" (Marcel Pagnol),
en train de faire faire une dictée à
son élève, mon frère, Jacques Puaux**

3
Une sombre et fort méchante destinée

La vie de mon frère a été bien remplie, puisqu'il a été pris de la bougeotte héritée de notre père, mais elle a été aussi remplie que courte et aussi courte que tragique.

C'est en raison de cette bougeotte et de la dispersion consécutive de ses affaires que j'ai eu le plus grand mal, alors qu'il écrivait, dessinait et peignait beaucoup, à recueillir les quelques bribes de souvenirs concrets que je livre à la fin de ce chapitre. Je me souviens en particulier d'une traduction, illustrée par lui, de Federico Garcia Lorca, sur laquelle je n'ai pas pu remettre la main. Quand je pense à la récupération rocambolesque du manuscrit de mon père sur la Nouvelle-Calédonie, tout espoir m'est permis !

*

* *

À 17 ans et demi, alors que nous habitions en Belgique, mon frère l'avait déjà échappé belle dans un accident de montagne qui avait fait un mort et une blessée grave. Partie de Briançon le 2 août 1947, à l'assaut du Pic de Neige Cordier, dans la Barre des Ecrins du Massif du Pelvoux, l'équipée était composée de deux cordées, comprenant, la première, un commandant retraité de l'armée française et une compagne, la seconde, Henri Maldiney, professeur de philosophie bien connu, alors en poste à l'Ecole des Hautes Etudes de Gand, un ami de la famille, et mon frère.

Deux énormes imprudences furent commises, qui auraient pu être fatales à toute l'expédition, n'avait été le sang froid et le réflexe de mon frère qui a eu l'honneur de la une dans la presse, tant française que belge.

Tout d'abord, dans un passage périlleux, la seconde cordée s'est mise en route, alors que la première ne s'était pas encore stabilisée. Et puis, le premier de celle-ci, équipé des traditionnels godillots à crampons, "*surplombés*" d'une stature, moins traditionnelle quant à elle, d'un bon quintal, voulant prendre appui sur une saillie rocheuse, s'y laissa choir ! La chute fut immédiate et vertigineuse, entraînant le poids plume qui suivait.

Le hasard, une prémonition mais, après tout, pourquoi pas tout simplement la vigilance ? Quoi qu'il en soit, mon frère, voyant venir la collision, assura immédiatement sa cordée. Bien lui en prit ! Le commandant percuta le professeur, avant de s'écraser 60 mètres plus bas, se tuant sur le coup. Sa compagne s'en tira miraculeusement avec des fractures et des contusions multiples. Quant au professeur, il eut plus de peur que de mal. "*Une grande peur pour un petit mal*", selon l'expression d'un journaliste belge !

*

* *

Avant de continuer la série tragique qui devait finir par emporter mon frère, un sourire ne fera pas "*un petit mal*" !

Un des meilleurs amis de mon frère était architecte, lui aussi aujourd'hui décédé. À la sortie de l'épreuve reine du diplôme, qui durait tout un jour, les étudiants avaient pris l'habitude d'organiser leur monôme.

Cette année là, ils avaient balancé un vieux piano à queue hors d'usage dans la rue, par une fenêtre de leur atelier. Aux passants éberlués, on expliquait :

– « *C'est pas grand-chose, juste une scène de ménage entre mélomanes !* ».

L'étudiant qui avait trouvé la note la plus éloignée du lieu de l'explosion, peu importe qu'elle fût blanche ou noire, s'était vu décerner un beau diplôme d'honneur sur parchemin ! Après quoi, quelques énergumènes, plus excités que les autres, avaient profité de l'occasion pour semer la panique parmi les automobilistes du boulevard Saint-Germain en les obligeant à slalomer entre les plaques de signalisation des autobus, qui leur avaient été enlevées, pliées en forme de V géants et plantées au milieu de la chaussée, en guise de chicanes !

Bref, nous assistions paisiblement au spectacle à partir du trottoir, en simples badauds, lorsque, tout à coup, mon frère et son ami furent embarqués sans ménagement dans un panier à salade !

– « *Et moi ?* »,

eus-je beau crier, au grand étonnement des autres badauds. Voir quelqu'un demander à la maréchaussée de l'embarquer, ça ne court en effet pas les rues !

Et me voilà, bien malin, sans un sou en poche, loin de ma piaule…

Me souvenant que mon père avait bien connu l'adjoint au Préfet de Police de Paris, je me rendis au bistrot du coin "*Chez Germaine*", où on allait souvent casser la croûte à midi vu que son steak-frittes y faisait son plein. Heureusement, passé l'orage du monôme, Germaine avait rouvert :

– « *Re bonjour, Germaine. Jean-Claude et son copain ont été embarqués au commissariat. Je voudrais appeler un ami que mon père a connu à la Préfecture pour essayer de les faire sortir. Je n'ai pas un sou. Est-ce que tu peux m'avancer un téléphone et me passer le bottin ?* ».

– « *Mais oui "mon petit prince"* ».

C'était le sobriquet dont elle m'avait affublé.

– « *Mais, sois pas trop long car il faut, moi, que j'appelle le Saint-Père à Rome !* ».

À ma surprise, je réussis à franchir sans trop de difficulté le filtrage téléphonique.

– « *Qu'est-ce qui t'amène, mon petit Pierre ?* ».

– « *Eh bien voilà, Monsieur le Préfet. Mon frère Jean et un ami ont été amenés au commissariat du quartier latin et je me demandais si vous ne pourriez pas, Monsieur le Préfet…* ».

– « *Non Pierre et d'abord arrête de me donner du "Monsieur le machin" et dis moi ce qu'ils on fait comme conneries tes deux lascars !* ».

– « *Ils n'ont pas fait de bêtises, Monsieur. On était simplement en train de regarder un chahut étudiant, quand…* ».

– « *Que veux-tu que je fasse, mon petit Pierre ? Tu sais bien, toi qui fais du droit, que le moindre flic est assermenté ! Enfin, je vais voir ce que je peux faire. En attendant embrasse ta maman de ma part* ».

Devant le commissariat où l'agent de faction me reprocha :

– « *Vous pouviez pas l'dire que vous connaissez Monsieur le Préfet ?* » !

Mon frère et son copain furent libérés sous les quolibets de "*pistonnés*", "*vendus*", "*traîtres* "… Quant à moi, j'eus droit à une mise au point :

– « *Tu aurais quand même pu réfléchir plus loin que le bout de ton pif ! De quoi va-t-on avoir l'air vis-à-vis des copains ?* ».

Cela ne nous a pas empêché de nous retrouver dès le lendemain au "*Chez Germaine*" et le copain de mon frère, qui était très pince-sans-rire de passer sa commande :

– « *Voilà Germaine, je voudrais un steak-frittes, mais le steak pas trop bleu ni trop cuit, entre les deux quoi, et alors les frittes, bien grillées à l'extérieur et moelleuses à l'intérieur. Tu vois ?* ».

– « *Parfaitement, mon grand* ».

Puis, se tournant vers le comptoir :

– « *ET TROIS STEAKS-FRITTES POUR LA 9 !* ».

Germaine est morte au milieu de son bistrot en servant… un steak-frittes !

Voilà pour le sourire, pauvre Germaine, avant de reprendre la tragédie de mon frère.

*
* *

Tandis que mon frère était venu entreprendre des démarches auprès du Quai d'Orsay en vue d'une affectation à l'étranger en tant qu'attaché de presse, sa femme, restée à Baden-Baden, mettait fin à ses jours le 22 janvier 1960, emportant avec elle leurs deux filles, Sylvie et Frédérique, âgées de 7 et 5 ans et demi.

Pourquoi ? À ce genre de drame, il n'y a jamais d'explication univoque et un tant soit peu satisfaisante.

Certes, le couple s'était-il marié très jeune, à 20 et 22 ans et demi. Combien de fois n'ai-je pas entendu ma mère répéter :

– « T*rop jeunes… Trop jeunes…* »,

comme si elle avait trouvé là la formule magique de l'exorcisation.

Certes, le premier enfant était-il alors en route mais cela remontait déjà à plus de sept ans.

Selon tous ceux qui les connaissaient, le couple vivait en harmonie. Dans son autobiographie, Jean-Claude Brialy s'émeut de l'idylle qui s'était nouée entre eux. Personne, absolument personne de l'entourage, très proche, proche ou d'ailleurs, n'avait même subodoré pareil drame.

Mon frère, qui survécut deux ans, ne voulut pas en parler. Se sentait-il responsable, voire coupable, de n'avoir rien vu venir ? Moi-même, si désireux que je fusse de l'aider à survivre, je ne savais pas par quel bout prendre le brûlot qui allait donc finir par le consumer. Le sujet, ma foi, tacitement accepté, comme pour en faciliter l'évacuation, est très vite devenu tabou dans la famille, mue par le réflexe de l'autruche.

Avec du recul, c'est encore une fois mon ami Arthur qui m'a fourni une explication au moins plausible et acceptable.

Ma belle-sœur était d'un naturel excessivement feutré, habituée qu'elle était à vivre près des siens qu'elle voyait pratiquement tous les jours, ses parents, son père, professeur de chimie, sa mère, institutrice, ses deux frères cadets, lycéens, dans un contexte par conséquent bigrement casanier… Bref, un univers bien à elle, qu'elle maîtrisait parfaitement !

La perspective de quitter tout cela, du jour au lendemain, pour une vie assez mondaine, dont elle avait eu un avant-goût avec sa famille d'accueil, dans un pays étranger, peut-être lointain, à coup sûr inconnu, dont elle ne parlerait pas la langue, avec deux petites filles et un mari dont la vie, y compris familiale, allait être soumise aux aléas du métier imprévu de journaliste…

Bref, tous les ingrédients de l'angoisse, voire de la panique et de la dépression nerveuse !

Le hasard nous ayant également donné deux filles, après notre fils, je n'eus aucun mal à convaincre ma femme de perpétuer les deux prénoms de Sylvie et Frédérique.

*

* *

Après un bref intérim comme attaché de presse auprès de l'ambassade de France à Oslo, mon frère remplit les mêmes fonctions à Manille (Philippines), où il fit connaissance d'une diplomate locale, qui lui a porté secours sur le plan moral.

Je l'ai rencontrée plusieurs fois à Paris après la mort de mon frère. Elle m'a confirmé que son fardeau avait été particulièrement dur à supporter, tandis que je lui ai fait plaisir en lui disant que mon frère n'avait eu de cesse, après son départ de Manille, d'y retourner, avant que le sort n'en décide autrement ! Lorsque je lui ai fait part de mon intention d'écrire une biographie familiale en y consacrant un chapitre à mon frère, Rosalinda de Perio, qui a fini sa carrière comme ambassadrice des Philippines en Israël, m'a autorisé à citer son nom.

*

* *

Vienne (Autriche), mardi, 2 janvier 1962.

Je suis à mon club de bridge en train de disputer un tournoi par équipes.

Coup de fil de chez moi.

– « *Quelqu'un de l'Agence France Presse cherche à te joindre. On te l'a envoyé au club* ».

Je fus alors littéralement submergé par un sentiment indéfinissable et indescriptible, une sorte de poison qui m'envahissait inexorablement peu à peu mais que je rejetais aussitôt.

Une pierre à la place de l'estomac, je n'osais même pas essayer d'en parler avec mon ami Arthur qui, étrangement, semblait lui aussi me fuir, comme si nous avions eu quelque chose à nous cacher.

En fait, Arthur m'expliquera plus tard que j'avais peur et que je n'osais pas me l'avouer, comme conditionné par un véritable instinct de conservation !

L'attente me parut interminable mais l'entretien fut bref :

– « *Monsieur Puaux ?* ».

– « *Oui* ».

– « *Voilà, heu... je voulais vous dire, heu... que votre frère a eu, heu... un problème* ».

– « *Il a eu un accident ?* ».

– « *Oui Monsieur !* ».

– « *Grave ?* ».

– « *Oui Monsieur !* ».

– « *Très grave ?* ».

– « *Oui Monsieur !* ».

– « *Il est mort ?* ».

– « *Oui Monsieur !* ».

Les bras ballants, les épaules affaissées, soufflant les joues tendues, il eut un long soupir de soulagement, comme quelqu'un à qui l'on vient d'enlever une énorme épine du pied !

Directeur du bureau de l'AFP à Ouagadougou (Burkina Faso, ex Haute-Volta), mon frère se rendit à Abidjan (Côte-d'Ivoire) fin 1961 pour aider son homologue à couvrir les Jeux de l'Amitié. Lors de son retour, la catastrophe se produisit à soixante kilomètres au nord de la capitale ivoirienne, au lever du jour du 1er janvier 1962. Sa voiture, en doublant un camion arrêté sur le bas-côté de la route, percuta, de plein fouet et à vive allure, un véhicule venant en sens inverse.

Le choc fut terrible. Trois tués sur le coup. Mon frère, éjecté de sa voiture, fut ramené à Abidjan et réclama de la morphine au premier poste de secours.

Il mourut pendant son transport à l'hôpital, les vertèbres cervicales écrasées et le foie éclaté.

Il allait avoir 32 ans dans quelques jours !

Complètement anéanti, ma pensée alla alors à ma mère. Comment diantre allais-je pouvoir m'y prendre pour lui annoncer pareille tragédie ?

Ce jour là, j'ai perdu quelque chose de moi-même !

Heureusement, il me restait mon ami, Arthur !

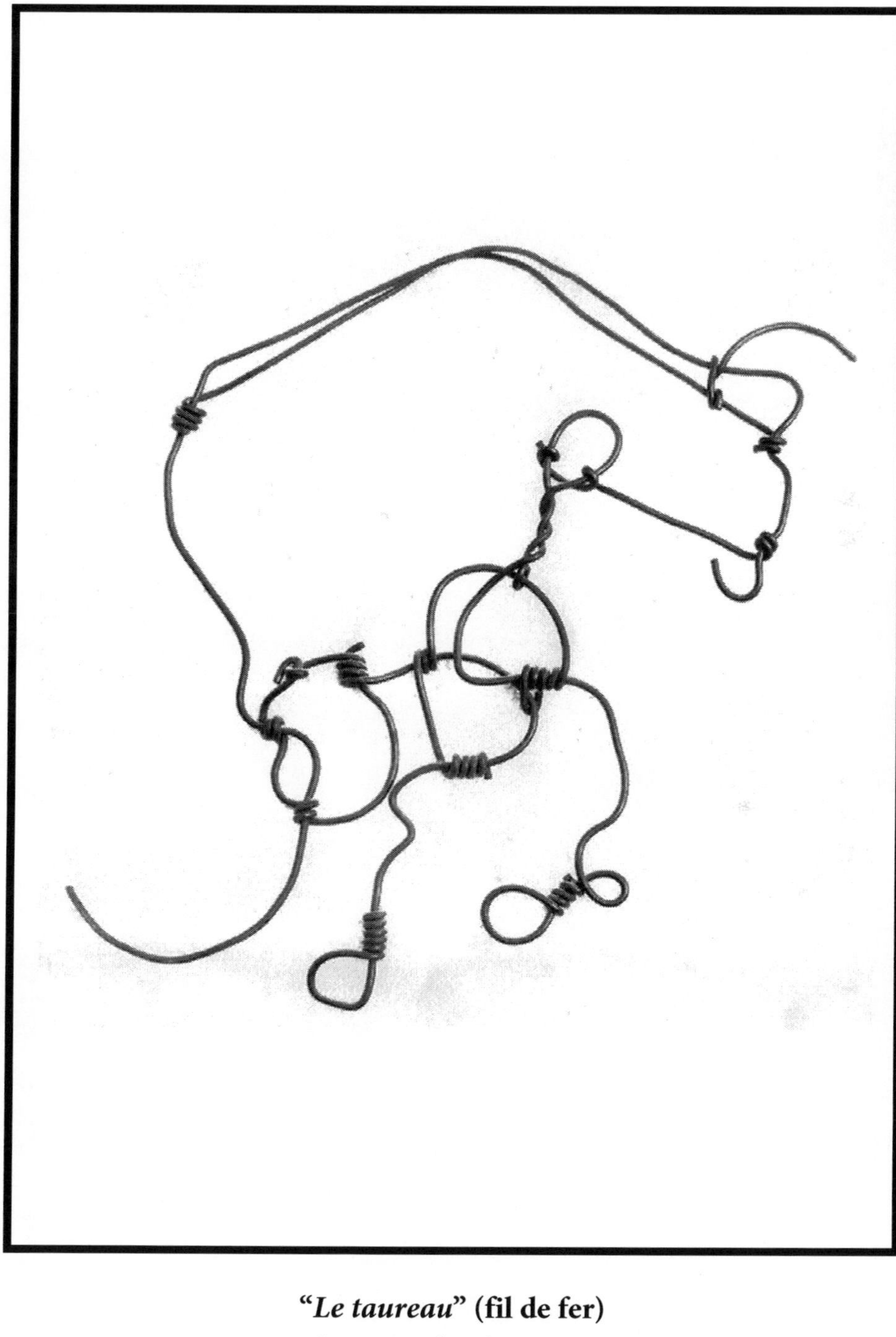

"*Le taureau*" **(fil de fer)**
de Jean-Claude Puaux

"*Grimage théâtral*" (gouache)
de Jean-Claude Puaux

"*Le clown blanc*" (fusain)
de Jean-Claude Puaux

Portrait de l'auteur (encre de Chine)
de Jean-Claude Puaux

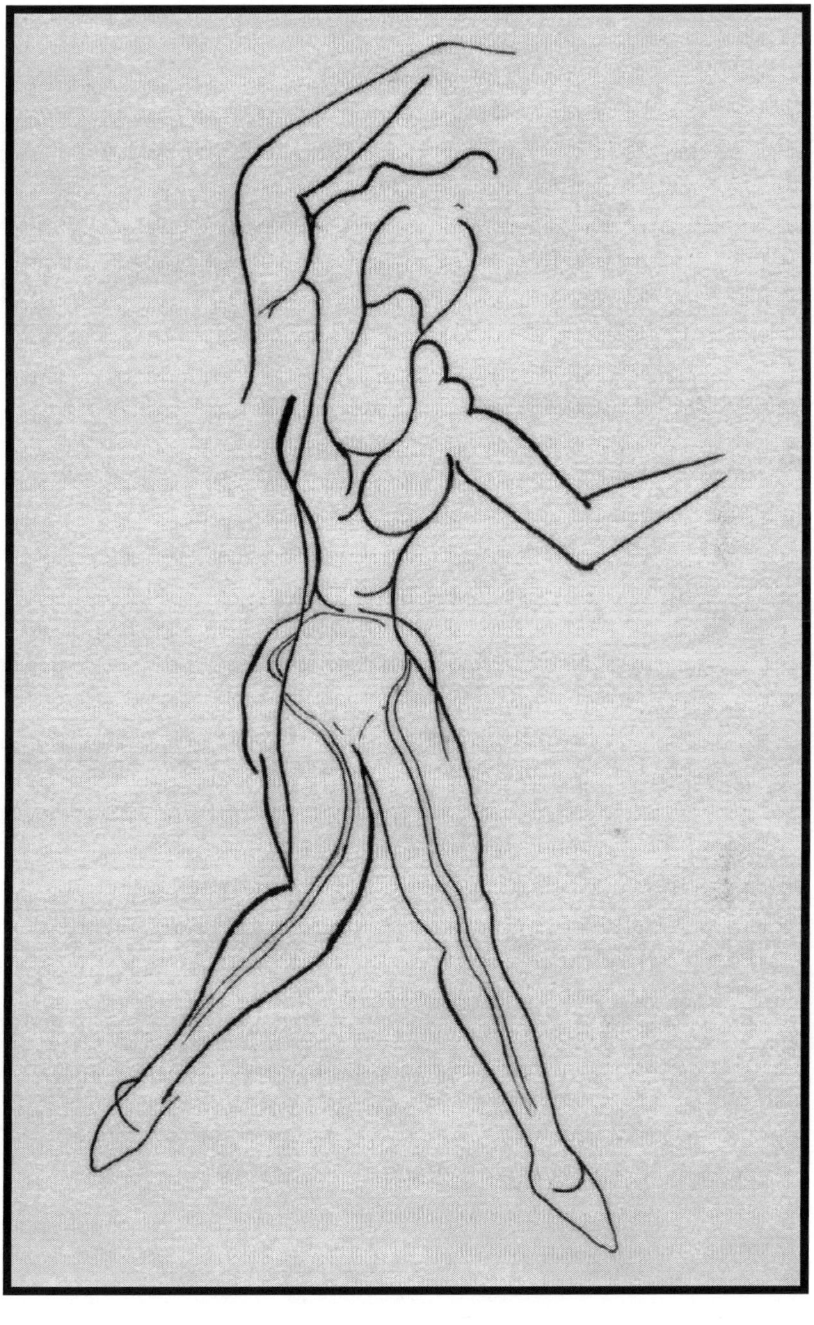

"*La ballerine*" (crayon) de Jean-Claude Puaux

"L'oiseau" **(sculpture sur pierre)**
de Jean-Claude Puaux

"*Le chevalier et la damoiselle*" (peinture à l'huile)
de Jean-Claude Puaux

Chapitre 5

Et moi… et moi… et moi…

On n'est jamais si bien servi que par soi-même
Mais à la condition de savoir s'écouter ;
On n'est jamais si bien servi que par soi-même
Mais à condition donc de n'en point rajouter !

1
Mon enfance

Pierre, Henri Puaux est né le 9 septembre 1932 à Düsseldorf. Déjà un programme en Allemagne à ce moment là, sous le IIIème Reich !

Ceci étant, qui peut mettre sa main au feu que tel ou tel de "*ses*" souvenirs d'enfance est bien une véritable "*gravure d'origine*" et non une "*pièce rapportée*", cultivée par son entourage, éventuellement photos à l'appui, néanmoins incrustée, avec le même label de propriété personnelle, dans sa mémoire profonde, celle qui met le plus longtemps à s'éteindre ? Mais, après tout, peu importe qui l'a mis là, ce souvenir, du moment qu'il soit rangé dans la bonne case, étiquetée "*souvenirs d'enfance*" !

Gravure d'origine ou pièce rapportée, en tout cas je me revois assez nettement en 1937, alors que je n'avais pas tout à fait cinq ans, en train d'admirer, sous les fenêtres de notre maison de Nuremberg, où nous nous étions installés entre temps, ce qui ne pouvait précisément que fasciner un enfant de cet âge, le défilé, au pas cadencé comme du papier à musique, des jeunesses hitlériennes, en uniforme et en rangs impeccables ! Loin de moi ce qui allait se passer dans cette même ville dix ans plus tard, presque jour pour jour, concernant le sort réservé par la justice internationale aux plus hauts dignitaires nazis. J'y reviendrai tout à l'heure.

Autre vestige indélébile de mon enfance, le voyage à destination de l'Australie, à bord de l'"Orc*adès*", luxueux transatlantique sur lequel la famille embarqua à Marseille fin août 1937, pour fuir l'embrasement et la fournaise de l'Europe, que mon père avait clairement vu venir.

Je fêtai mes cinq ans et étais devenu la mascotte à bord d'un univers magique, avec piscines et salles de jeu, salons et salles à manger de rêve, des serveurs en livrée, des grooms bariolés et des nurses, en veux-tu en voilà… Ce ne pouvait évidemment m'apparaître que comme un conte de fée, mais en vrai ! Dans le poste de pilotage où un officier m'amenait de temps en temps, j'avais eu un jour un franc succès en interpellant le commandant de bord :

– « *Alors, c'est ici que tu conduis ton bateau ?* » !

Une ombre au tableau cependant : le maudit mal de mer ! Heureusement il m'a quitté par la suite, faute de quoi je ne me serais jamais passionné pour la navigation de plaisance, comme j'ai pu le faire. Mon mal de mer n'avait d'égal que celui de ma mère. Une nuit, alors que j'étais pris d'une envie courante et pressante, tandis que j'appelais ma mère au secours, elle me répondit, tant bien que mal, clouée au lit et au bord de l'agonie :

– « *Fais au lit, on arrangera ça demain matin !* ».

*
* *

Parmi la foison des souvenirs que j'ai ramenés d'Australie, j'en retiendrai deux.

Tout d'abord, la bougeotte de la famille, en raison des "nécessités du service" nous expliquait le chef de file, entre plusieurs grandes villes du pays, aux distances démesurées, l'Australie faisant quatorze fois la France, contraignit nos parents à nous mettre, mon frère aîné et moi, en pension dans un internat de Sydney, avec, quand même, libération les fins de semaine.

Trois mois plus tard nous parlions l'anglais. Certes, avec le vocabulaire de gamins de 6 et 8 ans et demi, mais nous le parlions couramment. Quand ma mère venait le vendredi procéder à la levée d'écrous, nous lui demandions de parler à voix basse de peur qu'on ne l'entendît s'exprimer en volapuk, à notre grande honte !

Je ne vais pas enfoncer le clou du lancinant débat sur l'apprentissage des langues étrangères en France, si ce n'est pour confirmer le gâchis !

Les linguistes s'accordent tous pour constater les formidables possibilités d'enregistrement lexical du jeune enfant, avec – cerise sur le gâteau – la prononciation idoine et la spontanéité de l'expression en temps réel : plus besoin de traduire d'abord dans sa tête ce que l'on a à dire. Les chiffres parlent tout seuls : capacité de plus ou moins 2.500 mots à 6 ans (25 à 40.000 chez l'adulte) et un ou deux nouveaux chaque jour !

*

* *

Un second souvenir ramené d'Australie est que, dans ce collège, comme dans toutes les autres écoles d'ailleurs, y compris en France, on pratiquait alors le "*châtiment corporel*", ouvertement donc officiellement. C'était même devenu banal. Parmi les premiers mots d'anglais que j'ai appris il y avait les rituels "*bend down*" (courbez-vous) qui précédaient "l*a fessée au martinet*", dans une panoplie assez bien fournie, depuis "*les coups de règle sur le bout des doigts*" à "*la station debout au coin sur un pied*" avec sa variante "*les mains sur la tête*" en passant par "*l'agenouillement sur le bord d'une marche*", voire "*la gifle*". Attention, il ne fallait pas tricher, sinon la peine était alourdie. Tous les motifs étaient bons, depuis le bavardage intempestif en classe, la leçon mal apprise ou le devoir mal fait jusqu'au chapardage d'un bonbon, une empoignade en cour de récréation, un lit insuffisamment bordé, un casier de rangement en désordre. Mais j'allais connaître mieux en Nouvelle-Calédonie !

Ce qu'il y a de surprenant, à propos du châtiment corporel à l'école, c'est qu'il ait fallu si longtemps pour s'apercevoir de son inefficacité quant au but recherché, à savoir une meilleure obéissance des élèves. D'où le double sens du terme "*corriger*" : "*intervenir physiquement*" pour "*améliorer*", pour "*supprimer des fautes*". Autrement dit, on est sensé corriger pour corriger mais on ne corrige rien du tout. Du coup, on est amené à se demander si, outre le but, prétendu, il n'y a pas une autre explication.

Plus tard, lorsque j'en ai parlé avec mon ami Arthur, il m'a fait observer que le châtiment corporel procède très souvent, pour celui qui l'inflige, autant sinon plus du besoin de se défouler, avec un relent de vengeance, que de la volonté de "*corriger*" celui à qui il le réserve.

Ce constat, qui est fondamental, est la seule explication, en élevant le débat au niveau sociétal, qui permette d'apporter une réponse rationnelle mais guère rassurante à la question de savoir pourquoi la condamnation à mort et l'exécution du condamné, châtiment corporel absolu, sont encore si répandues de par le monde (15 à 20 000 par an), malgré leur barbarie, y compris dans des pays qui occupent pourtant, par ailleurs, une place honorable dans le palmarès du respect des droits de l'homme et alors que les statistiques démontrent à l'évidence l'inexistence de la moindre vertu d'exemplarité de ces peines.

*
* *

Nous quittâmes l'Australie en février 1941, en route pour Londres où mon père voulait rejoindre de Gaulle. J'allais sur mes 9 ans et mes souvenirs s'affinent par conséquent.

L'escale de Nouméa va en fait durer… trente mois, le Haut-commissaire de France dans le Pacifique, Gouverneur de la Nouvelle-Calédonie, ayant littéralement mis le grappin sur mon père !

La Nouvelle-Calédonie ?

Un pays captivant pour un gamin de cet âge, avec ses plages de sable blond immaculé, sa mer à la fois saphir, émeraude et toutes leurs nuances, transparente et tiède, avec de véritables paysages sous-marins, peuplés d'une faune arc-en-ciel, avec son climat tempéré mais capable de colères aussi imprévues que violentes, sa brousse luxuriante mais mystérieuse, ses îles, proches et lointaines au gré du temps…

On allait y chasser le cerf, au cours d'authentiques expéditions en terre inconnue…

Après des tractations laborieuses menées par mon protestant de père mais facilitées par ma catholique de mère, les frères maristes finirent par m'admettre dans leur école, où je pus enfin commencer à apprendre à lire et à écrire en français !

*

* *

En attendant la venue du benjamin de la famille, nos parents nous mirent, l'aîné et moi, en "*colonie de vacances*", à une cinquantaine de kilomètres de Nouméa, chez une bonne femme qui s'avéra être une vraie mégère.

Un jour, un pensionnaire, plus précoce que les autres, s'étant masturbé devant moi puis s'en étant vanté auprès de mon frère, un pugilat s'ensuivit. Intervention de la directrice. Jugement hâtif et sommaire. Châtiment exemplaire et immédiat. Mon frère eut droit au "*tourniquet*". Le bourreau empoigne solidement, d'une main ferme, le supplicié et le fait tournoyer rapidement autour de lui, quitte à le faire décoller du sol, tandis que, de l'autre main, il lui inflige une volée de coups de martinet. Au bout d'un long moment, estimant que mon frère avait purgé sa peine, je me transformai en pitbull sur le mollet de la tortionnaire ! La tâche fut rude. Quatre-vingts bons kilos, tout en graisse et en muscle, contre à peine quarante, maigrelets, tout en chair et en os !

Résultats ? Quartier de haute sécurité. Il s'agissait d'une pièce située à l'étage et fermée à double tour de clef. En outre, peine maximale, soit privation pure et simple de boisson. Il fallait y penser et il fallait le faire ! Toutefois, c'était sans compter sur l'ingéniosité du frangin. Lorsqu'il se rendait aux toilettes,... en pantoufles, il me ramenait, adroitement dissimulée sous sa chemise, une sandalette remplie d'un précieux liquide, puisé dans la chasse d'eau où il s'était lui-même copieusement désaltéré ! Un peu le goût de jus de chaussette, mais que c'était bon !

Nous finîmes par nous faire la belle, non sans mal, par une fenêtre et par une nuit sans lune. Au petit matin, auto-stop. La première fut évidemment la bonne. En route pour Nouméa, prétextant l'achat d'un paquet de cigarettes, le chauffeur nous faussa compagnie un court instant. D'où le comité d'accueil dépêché par la gendarmerie à l'entrée de la ville. Escorte triomphale jusqu'à notre maison où je commençai, après les embrassades qui s'imposaient, par boire un grand verre de limonade bien fraîche !

*

* *

Cette maison, qui avait abrité des chefs de cabinet du gouvernorat, était une confortable masure en bois, avec un front entièrement barré d'une grande terrasse à la sud-américaine, que je revois comme si c'était hier, au fond de l'immense parc de la résidence, précédée d'un majestueux flamboyant et suivie d'une forêt de bambous où je me réfugiais quand l'ire parentale pointait à l'horizon.

C'est dans ce parc que s'installa l'état-major des troupes USA qui débarquèrent un beau matin, sans crier gare, en Nouvelle-Calédonie, pour y devancer leurs concurrentes nippones.

En l'espace de quelques jours et de quelques nuits, sous mes yeux éberlués, naquit une ville, certes de planches, de toile et de tôle, mais avec ses rues, ses échoppes, ses services publics, ses salles de jeu, ses commodités…

Mes parents sympathisèrent avec certains officiers. Ils venaient prendre l'apéritif chez nous, les bras souvent chargés de victuailles. C'est ainsi que, tout en cultivant mon anglais à la sauce américaine, j'ai découvert le rôti de porc au caramel, le poulet à l'ananas ou le corned-beef à la menthe !

*

* *

Le GI avait deux phobies, "*the jap*" et "*the rat*, prêtant d'ailleurs à la face du premier le nom du second ! Pas sympa, mais à la guerre comme à la guerre, surtout après Pearl Harbour !

S'agissant du rat, il est vrai que Nouméa était bien servie, avec des spécimens de trente centimètres plus autant de queue. Très familiers et même téméraires, ils s'invitent un peu partout, le soir et la nuit venus.

On avait eu le plus grand mal à faire comprendre aux Américains, qui n'étaient pas loin de croire que les bubons s'attrapent à la seule vue d'un rat, qu'il ne fallait surtout pas les flinguer, malgré leur gâchette facile, au risque de les envoyer crever en cachette et, pour le coup, d'empester tout le monde.

Le rat est un animal extraordinaire !

Avec mon frère aîné, un de nos amusements consistait, avant d'aller nous coucher, à nous approcher de la cuisine, tout doucement, sur la ponte des pieds, en retenant notre souffle, puis, tout à trac, à ouvrir brusquement porte et lumière.

Spectacle hallucinant assuré !

Et je te bondis du sol sur la table et de la table au grillage qui recouvrait le plafond, voire directement du bas en haut avec un appui discret sur un mur, en des bonds de haut vol, avec rétablissement sur les pattes. Et je te cours le long du grillage pour disparaître, sans embouteillage, dans le grenier par un trou invisible. Et nous d'applaudir à tout rompre. On avait même fini par en reconnaître quelques-uns : *"le gros"*, *"l'albinos"*, *"le courte-queue"*, *"le lambin"*, *"le cul râpé"*... !

On avait beau les piéger à la nasse, il en revenait toujours, la gent des muridés étant particulièrement prolifique.

Est-ce pour se venger de ce traitement que s'en prit à ma personne, au cours d'une folle entreprise nocturne, un kamikaze rempli de mauvaises intentions ?

Tous les lits étaient entourés d'une moustiquaire, rideau de mousseline, accroché à un ciel de lit et que l'on bordait soigneusement, avant de se coucher, tout autour du matelas, de façon hermétique, faute de quoi le premier moustique venu aurait tôt fait de découvrir la faille et de s'y engouffrer avec ses congénères, rameutés à coups de trompette. Et voilà une nuit gâchée !

Ce soir là, je devais normalement laisser ma chambre, pour aller en occuper une autre, au benjamin de la famille, alors âgé de quelques mois, que mes parents avaient décidé de ne plus garder auprès d'eux. Et puis, au dernier moment, le transfert fut différé, heureusement pour le bébé !

Sur le coup de minuit, tandis que je dormais profondément, ma tête explosa soudain, le cuir chevelu sévèrement entaillé par les crocs d'un énorme rat qui avait réussi à se faufiler sous la moustiquaire !

Moi ? Debout sur mon lit, sanguinolent, en train de hurler ! Le rat ? Prisonnier de la moustiquaire, en train de virevolter dans tous les sens ! Ma mère ? Prête à tourner de l'œil ! Mon père ? Armé d'un grand éventail en bois, s'acharnant sur la bestiole et finissant par lui asséner un coup magistral sur le museau, son talon d'Achille, la tuant raide !

Puis j'eus droit à une douche d'alcool à 90° et à quelques points de suture.

Mon frère aîné me dit un peu plus tard :

– « *Je crois que c'était "le gros". Il me semble l'avoir reconnu. De toute façon, si papa ne l'avait pas occis, d'une main de maître, il serait parti crever ailleurs, après t'avoir mordu !* ».

Et c'est comme ça que l'aventure se termina, par un franc éclat de rire, sous les yeux amusés des officiers américains qui étaient venus à mon chevet m'apporter une tonne de bonbons à la menthe et de chewing gum !

Ces rats, décidément, sont extraordinaires ! Je me suis laissé dire que, dans les ports, ils trouvent moyen de surmonter l'obstacle qu'on leur oppose pour les empêcher de monter à bord des bateaux en grimpant le long des cordages d'amarrage, soit des ronds de tôle disposés verticalement. Comment s'y prennent-ils ? Simple ! Un premier rat s'agrippe au cordage, juste devant l'obstacle, puis un second s'agrippe sur le dos du premier et le troisième, avec un peu d'élan, n'a plus qu'à faire du "*saute-rat*", et ainsi de suite ! Au retour, quid des deux derniers ? Peu importe puisqu'il s'agit toujours d'un mâle et d'une femelle qui vont donc pouvoir créer leur famille à bord ! Comment un rat s'y prend-il pour chaparder un œuf de poule ? Simple ! Il se met sur le dos, après avoir agrippé le butin avec ses quatre pattes, puis il demande à un complice de le tirer par la queue ! Invention de la brouette ?

La délicate mission de la nasse incombait à Victor, qui, au petit matin, retrouvait souvent le piège dans le jardin, à croire que les deux ou trois prisonniers s'étaient donnés le mot pour bondir de concert et dans le bon sens !

Mais, qui était donc Victor ?

*

* *

Comme je l'ai déjà expliqué, en Australie, mon père avait débauché Victor de son équipage des Messageries Maritimes et lui avait proposé de nous accompagner, comme maître d'hôtel, dans notre voyage vers Londres.

Je revois ce gaillard, originaire de Madagascar, élégant et stylé, comme les fabriquait la Compagnie Générale Transatlantique, de deux mètres de haut et autant d'envergure, auquel je m'étais beaucoup attaché.

Malheureusement – maudits déménagements – je n'ai jamais pu remettre la main sur cette photo "*historique*" où Victor tient dans ses bras mes deux pus jeunes frères, aussi roses qu'il était noir ébène, et que j'avais baptisée "*Baba Diène et morceau de sucre*", du nom de ce roman pour enfants de Claude Aveline (Gallimard 1937), abondamment illustré par Jean Bruller, que ma mère me lisait en attendant que je puisse le faire de moi-même.

Lorsque nous quittâmes la Nouvelle-Calédonie, Victor, qui s'était amouraché d'une princesse locale, Toto Boula, resta sur place, malgré les avertissements de mon père :

– « *Victor, tu finiras avec une sagaie dans le dos !* ».

Il n'a pas attendu jusque là puisque j'ai trouvé dans les archives de mon père la lettre que Victor lui a envoyée des années plus tard pour lui demander un certificat de travail, avec une copie de celui-ci, particulièrement élogieux.

*

* *

Victor nous avait fabriqué, à mon frère aîné et à moi, une carriole, tractée par… une chèvre !

Certes, n'est-ce pas là la vocation de ce pauvre animal mais c'était justement ses caprices qui nous amusaient le plus, depuis son entêtent asinien à refuser d'avancer jusqu'à ses démarrages aquilins foudroyants, qui eussent pu la faire passer pour la descendante d'un croisement entre un âne et un pur-sang de course !

Tragique, par contre, fut ma dernière ballade avec "*King*".

Il s'agissait d'un étalon de deux ans que je considérais comme ma propriété puisque j'étais seul à le monter. Et puis c'est moi qui le sellais, lui faisais sa toilette, le bichonnais…

Ce jour là, comme d'habitude, je sortis de l'enclos en sautant par-dessus la clôture et ce fut la catastrophe. Loupant son saut, King s'empala le foie sur un pieu métallique. Le patron de la ferme, n'hésitant pas une seconde, sortit son colt qui ne le quittait jamais, et acheva mon compagnon d'une balle tirée à bout portant en pleine tête. Depuis, je ne suis jamais plus remonté à cheval !

*

* *

Puis vint le retour en métropole. Pas moins de dix-huit longs mois, via l'Océan Indien et une remontée laborieuse, étape après étape, de tout le continent africain, de bas en haut, avec un dernier bond Alger / Paris durant l'hiver 1944.

Profitant d'un paquebot transportant des GI en cours de rapatriement par le chemin des écoliers, le Pacifique étant devenu infréquentable en raison du foisonnement des sous-marins japonais, nous embarquâmes en mai 1943.

J'allais sur mes 11 ans et je n'étais pas près de revoir une école !

Nous mîmes je ne sais plus combien de temps pour aller de Perth à Durban, mais ce dont je me souviens c'est que ce fut interminable, vu l'atmosphère pesante qui régnait à bord.

Les femmes – il y en avait tout de suite trois, ma mère, la nounou de mes deux jeunes frères et une infirmière – n'avaient pas le droit de sortir seules de leur cabine dont l'entrée était surveillée jour et nuit.

Il y avait deux dangers qui nous guettaient : le torpillage, ici aussi, et la rencontre avec une mine flottante. Ceci expliquait la présence d'un dispositif astucieux, un V métallique géant à l'envers, au ras de l'eau, devant l'étrave du navire.

Ces risques avaient amené le commandant de bord à tout organiser au cas où… Oh, c'était parfait !

Chaque jour, parfois très tôt, parfois très tard, on avait droit, à coups de sirène, à des exercices d'alerte, avec rendez-vous dans des délais record devant sa chaloupe d'affectation, muni de son gilet de sauvetage. On était divisé par couples, un fort ("*a strong*") avec un faible ("*a weak*"). Ainsi, mon père avait en charge ma mère, mon frère aîné le benjamin et moi, le cadet, je m'occupais du numéro trois !

De temps en temps on envoyait par-dessus bord une bombe sous-marine puis on admirait le spectacle. En même temps qu'un vrombissement profond et sourd, s'élevait une montagne d'eau, tout à coup percée juste en son centre par une gigantesque gerbe, bien verticale, qui retombait en pluie, avec un bel arc-en-ciel pour peu qu'il fît soleil. Un autre exercice faisait notre admiration, qui consistait à larguer dans le sillage du navire un gros fut métallique peint en jaune et à le canarder à la mitrailleuse lourde jusqu'à l'envoyer par le fond, avec nos applaudissements. Mais, un jour, ce fut le drame. L'engin, se désolidarisant de son socle, envoya quelques balles dans le pont, dont l'une atteignit un membre de l'équipage. Le seul médecin à bord n'était pas chirurgien. Il décida néanmoins d'opérer le blessé, lui sauvant ainsi la vie, avec les félicitations de tout le monde.

Bref, on finit par arriver sains et saufs, au bout de cette étape et à la veille de l'exploration du continent africain !

*

* *

Je suis incapable de dire de quoi on vivait. Très vraisemblablement, à notre départ de Nouvelle-Calédonie, mon père avait-il dû recevoir de quoi faire face au moins à un retour classique, sur le budget de la France d'Outre-Mer, mais c'était sans compter avec les imprévus. Ce dont je me souviens, en tout cas, c'est qu'à chacune de nos escales, à peine arrivé, mon père se précipitait à notre ambassade ou à notre consulat ou au gouvernorat local pour "*négocier*" des subsides et les moyens de l'étape suivante. Ce qui avait certainement arrangé les choses c'est que, sortis des colonies britanniques, nous nous retrouvions en Afrique Equatoriale Française (AEF), en Afrique Occidentale Française (AOF) ou en Afrique du Nord, toutes ralliées depuis longtemps à la France Libre.

Combien d'étapes ? Une bonne dizaine, de deux semaines à trois mois chacune, donc autant de déménagements. Autrement dit, on vivait dans les caisses, les malles et les cantines !

Durban, Johannesburg, Prétoria (Union Sud Africaine devenue la République d'Afrique du Sud), Livingstone (Rhodésie du Nord, devenue la Zambie), Brazzaville et Pointe Noire (Congo), Dakar (Sénégal), Casablanca, Tlemcen, Alger (Afrique du Nord) et, enfin, Paris.

À vue de nez, quelque chose comme 18.000 kilomètres.

*

*   *

Quels souvenirs en ai-je gardés ?

Globalement, un voyage sans fin, où chaque arrêt était vécu par mes parents, qui ne voyaient plus que Paris à l'horizon, comme une nécessité dont ils se seraient volontiers passés et qui devait donc durer le moins longtemps possible ! Du coup, pas possible de se faire des copains durables.

Un voyage d'une grande monotonie, heureusement entrecoupé de quelques faits divers, encore que plus ou moins amusants. Pêle-mêle, en voici quelques exemples.

À Prétoria, avec mon frère aîné, nous allions au cinéma tous les trois ou quatre jours, non pas pour aller voir un film précis mais pour savoir comment Don Winslow, cet officier de marine US, allait bien pouvoir faire pour se sortir de la situation désespérée où on l'avait laissé à la fin de l'épisode précédent, dans un feuilleton à rallonge interminable.

C'était la saison des pluies. Un jour, en sortant du ciné, le déluge. C'est là que l'expression "*pleuvoir des cordes*" prenait tout son sens. On n'avait pas loin à parcourir et on avait mis au point un itinéraire relativement abrité. Mais, à la fin, il fallait quand même bien la traverser cette place sur laquelle donnait notre hôtel, avec sa fontaine et sa pièce d'eau bien au milieu. C'est là que je me suis aperçu que le chemin le plus court n'est pas forcément la ligne droite ! Mais, aussi, on n'a pas idée. Voilà que les cordes s'étaient mises à rebondir sur l'eau exactement comme sur le bitume !

Le groom de l'hôtel a dû penser que, pour aller me baigner à la piscine, j'aurais pu aussi bien me mettre en maillot et non sauter à l'eau tout habillé !

Après l'Afrique du Sud, un spectacle grandiose, difficile à décrire tant il est extraordinaire et ses dimensions vertigineuses, s'offre au passage : les Chutes Victoria. Après s'être élargi sur plus d'un kilomètre et demi, le Zambèze fait un bond de cent mètres de haut, en un ballet de trombes d'eau colossales, au milieu d'une végétation exubérante de verdure. Ce qui est tout aussi surprenant c'est que le flot bouillonnant, tout blanc d'écume, se canalise rapidement en un étroit canyon de telle sorte que l'on peut appréhender la quasi-totalité du spectacle de très près… bien emmitouflé d'un bon imperméable !

Dans le trans-rhodésien, avec sa locomotive à vapeur qui s'essoufflait assez vite à la moindre montée, à tel point que l'on aurait pu parfois descendre du train et l'accompagner à pied, on avait quand même trouvé le moyen d'écraser un zèbre. Cet animal n'a pourtant pas la réputation de ses lointaines cousines quant à leur curiosité immodérée pour la contemplation du chemin de fer. Le mécanicien nous expliqua qu'il devait s'agir d'une bête qui avait été blessée par une lionne. Quoi qu'il en soit, plusieurs wagons se retrouvèrent décorés de zébrures de toutes sortes !

Un autre jour de la semaine que dura cette étape, le train s'arrêta brusquement en rase campagne. Une passagère, en se lavant les mains dans le lavabo d'une des toilettes, avait fait tomber dans la vidange une bague de grande valeur. Ni une ni deux, elle n'hésite pas à tirer un signal d'alarme. Le contrôleur lui infligea une lourde amende et, face à ses protestations, il lui proposa de descendre du train pour remonter la voie à la recherche de son bien, ajoutant qu'il était désolé mais que le train ne pourrait pas l'attendre ! L'humour britannique avait déteint sur les colonies de la Couronne !

Le lendemain, rebelote mais, cette fois, c'est… un de mes jeunes frères qui, voulant se dégourdir les jambes, se mit debout sur sa banquette et prit appui sur ce qui lui semblait être une poignée providentielle. Manque de chance, il s'agissait d'un signal d'alarme !

Le contrôleur expliqua patiemment au coupable ce qu'est un signal d'alarme et à quoi ça sert. Avec mon frère aîné, on s'est regardé d'un air où notre père dut desceller de quoi mettre les choses au point.

– « *Non ! Il n'y a pas eu deux poids et deux mesures. Mon statut de diplomate n'a rien à faire là dedans. Je vous demande de comprendre la différence qu'il y a entre une rombière qui actionne intentionnellement un signal d'alarme, qui plus est pour retrouver quelque chose d'irrécupérable, et un enfant qui a agi sans faire exprès !* ».

Et mon frère aîné de conclure en aparté à l'attention du relaxé :

– « *Le sage a parlé. Il n'y a plus maintenant qu'à te décerner une médaille !* ».

Mes parents avaient à faire face, indépendamment de tout le reste, à un véritable casse-tête. Comment donc occuper deux gars de 11 et 13 ans, pendant une longue semaine et dans quelques mètres carrés ? C'est à ma mère que revint l'idée. Elle nous avait acheté la panoplie du parfait modéliste : du bois de balsa, un canif, de la colle, des pinceaux, du vernis, des aquarelles et je ne sais plus quoi encore. Pour ma part, je m'étais spécialisé dans la reconstitution de mémoire des navires de guerre US qui avaient fait mon admiration dans la rade de Nouméa : torpilleurs, contre-torpilleurs, porte-avions et autres cuirassés.

Lors d'un arrêt dans une gare, mon père s'avisa d'acheter un masque nègre à un marchand ambulant, par une fenêtre de notre wagon.

Après le marchandage traditionnel, on se met d'accord sur le prix. Mon père tend un billet de banque, accepté délicatement du bout des doigts et avec profusion de remerciements.

– « *OK ! OK !* », s'impatiente l'acheteur en anglais, « *Rends-moi maintenant la monnaie !* ».

Après avoir rangé le billet sans trop se presser, le vendeur se met à fouiller ses poches… précisément au moment où retentit le sifflet du chef de gare, annonçant le redémarrage du train, lequel commence à s'ébranler ! La suite ? Mon père en train de crier à sa fenêtre et de brandir le poing, le vendeur, tout confondu, en train de trottiner sur le quai en farfouillant dans ses poches ! Et puis, enfin, estimant que le sort en avait ainsi décidé, se payant un magistral pied de nez à deux mains !

Avec mon frère aîné, nous nous sommes empressés d'aller nous enfermer aux toilettes pour assouvir notre fou rire !

Quant au masque, rare relique qui ait survécu au voyage, il s'agit d'une belle pièce en ébène.

À Pointe-Noire je l'ai échappé belle ! Profitant de l'absence des parents, nous nous rendîmes un jour, mon frère aîné et moi, à la Côte Sauvage, d'autant plus attrayante qu'elle nous était interdite en raison de sa dangerosité. Nous avions été convaincus par quelques copains, encore plus galopins que nous, qu'il fallait à tout prix participer à une expédition prometteuse.

Dans un chantier désaffecté avait été repéré un wagonnet trônant sur des rails qui allaient droit vers la mer, à un endroit où il y avait un surplomb d'une dizaine de mètres. Décor idéal à l'évidence ! L'exploit imaginé consistait à monter dans le wagonnet puis, une fois lancé, à y rester le plus longtemps possible. Serait déclaré vainqueur "*le moins dégonflé*", soit celui qui sauterait le dernier !

La machine infernale s'élance. Elle prend rapidement de la vitesse et encore de la vitesse, énormément de vitesse. Et me voilà agrippé à la benne, paniqué, tétanisé, n'entendant même plus les cris qui m'étaient lancés :

– « *Saute ! Saute ! Saute !* ».

Déjà dans un autre monde, si j'avais dû dans ma vie apprendre un jour à voler, eh bien le moment aurait été venu !

Heureusement, mon frère était un crac en natation et, dans la bande, il y avait de bons nageurs. Heureusement, ce jour là, s'il y avait une grosse houle, il n'y avait pas de déferlantes.

Et les copains de conclure :

– « *D'accord, c'est toi qui a sauté le dernier mais figure-toi que nous aussi on a gagné après un saut de dix mètres dans la mer pour aller te chercher !* ».

D'Alger je garde un souvenir de circonstance. Sur la façade de la poste principale, au centre de la ville, il y avait une carte géante de la France, où était indiquée, jour après jour, l'avancée des troupes alliées dans leur tâche laborieuse de libération du territoire.

*

* *

Puis vint, enfin, le jour tant attendu, immortalisé par le Général de Gaulle, le soir du 25 août 1944, à l'Hôtel de Ville de la capitale :

« *Paris ! Paris outragé ! Paris brisé ! Paris martyrisé ! Mais Paris libéré !* ».

Quelques semaines après nous arrivions à Paris. J'avais douze ans.

Tandis que mon père avait pratiquement élu domicile au Quai d'Orsay, tandis que ma mère, qui nous avait suivi de peu, s'évertuait à reconstituer quelques biens de famille malgré les restrictions, tandis que mes deux jeunes frères étaient dans un hôtel avec leur nounou, tandis que mon frère aîné passait une partie de ses journées à lire des romans policiers dans le métro, j'avais été envoyé chez un oncle et une tante à Chelles, en Seine et Marne.

La Marne était sortie de son lit, comme à son habitude à cette saison, d'autant plus copieusement que rien bien sûr n'avait alors été entrepris pour essayer d'en réguler le cours, ni celui de ses affluents, encore que ces travaux n'empêcheront d'ailleurs pas nos vagabonds de découcher de temps en temps, assez loin et assez longtemps ! Notre pavillon, comme tous les autres aux alentours, était donc un îlot, heureusement un peu surélevé, au milieu des flots. Ma tante, quand elle n'avait rien d'autre à faire, écopait l'eau de sa cave, remplie à ras bord, à l'aide d'une boîte de conserve qu'elle vidait dans un sceau qu'elle vidait devant sa maison. Mon oncle, sans le moindre commentaire, levait les yeux au ciel et haussait les épaules !

Les courses, on allait les faire en barque, avec un système, très au point, de covoiturage dans tout le quartier. On ne manquait de rien, malgré les tickets de rationnement, grâce au système D de mon oncle.

Un matin, un journaliste photographe d'un quotidien parisien m'emmena dans sa barque, avec la bénédiction de ma tante, pour aller au bord de la Marne où il voulait immortaliser l'écroulement d'un pont que les coups de butoir sur ses piles de tout ce que le fleuve pouvait charrier avaient visiblement fatigué. Au bout d'une heure, n'en pouvant plus d'avoir les yeux rivés sur son pont, mon journaliste, voulant se détendre un moment, me confia son imposant appareil de photo, après m'en avoir expliqué le fonctionnement. Puis, il s'assoupit.

À croire qu'il n'attendait que ça, le pont se mit alors à vaciller et, comme dynamité, vola soudain en éclats. Un spectacle saisissant, dont j'ai pu faire profiter les lecteurs du journal de… mon collègue !

*

* *

Dès que mon père fût nommé Consul de France à Gand, en novembre 1944, toute la famille s'installa provisoirement en banlieue de la ville. Nous qui n'avions pas vu la guerre de près, nous eûmes droit à un combat aérien d'arrière-garde.

Une des premières tâches qui incomba au poste fut de diffuser tous azimuts les films cauchemardesques tournés par les troupes alliées lors de la libération des camps de concentration.

Avec mon frère aîné, nous suivîmes avec passion le procès des plus hauts dignitaires du nazisme, qui se déroula à Nuremberg d'octobre 1945 à octobre 1946 et qui se termina notamment par douze condamnations à mort, un suicide et onze exécutions par pendaison.

Le procès a inspiré à mon père ce poème qui traduit tout le dégoût qu'il pouvait avoir pour l'engeance nazie.

NUREMBERG

La ville de Durer inscrivait leur destin.
Tous ces monstres y sont de nouveau, vil gratin
D'insolents gauleiters, d'arrogants sous-führers
Qui ont incendié de toutes leurs fureurs
Le monde épouvanté dans ces sombres années.
Ah ! L'on voudrait cracher sur ces faces damnées
Immondes scélérats, soigneux de leur prestance,
Hideux fils de la mort, inconcevable engeance,
Dodelinant leur crâne ignoble, innocemment,
Quand leur regard surpris promène vaguement
De visqueuses traînées luisantes de limace
Dans le prétoire ému où gronde la menace
Puis une curieuse et tardive stupeur
De voir en face d'eux surgir le procureur,
La pourpre de la robe et la blanche perruque
Leur fait porter la main, inquiets, à la nuque.
Mais, vite rassurés, ils se disent au fond
Que, presque chefs d'État ou ministres, ils font
La pluie et le beau temps chez eux, comme jadis,
Que l'Allemagne n'a pas d'autres chefs, que Thémis
Claudicante et bornée, sans rigueur les pourchasse,
Qu'avec elle on discute, on ergote, on finasse.
Ils ne comprennent pas ce qu'il faut expier,
Ils sont prêts, confiants, à se bien justifier
Quand on projette un film, récit irrécusable,
Pièce à conviction terrible, impitoyable

Accusateur mettant au grand jour leur souillure,
Ils ricanent entre eux, vers fangeux de l'ordure,
Bandits inconscients et gredins crapuleux
Se vautrant dans la boue, moins répugnante qu'eux

Non, ils n'ont rien d'humain ; leurs gueules sont des masques
Effarants, crayonnés par des démons fantasques.
Il plane au dessus d'eux on ne sait quel effroi.
On se sent dans le dos comme un lugubre froid
À contempler leurs yeux errant sur la rainure
Du plancher en cherchant, peureux, quelque fissure.

Deux tiers de siècle, soit deux générations, se sont écoulés depuis lors. Le peuple allemand a été réunifié et a profondément "*viré sa cuti*". La France a sa part de responsabilité en raison de son laxisme tout au long des années qui ont précédé la guerre puis de la collaboration de son régime de Vichy. La construction européenne a éloigné le spectre d'un retour.

Fallait-il pour autant tourner la page et, sinon oublier, du moins taire ce souvenir de mon enfance ? Mon ami Arthur me l'a déconseillé, ajoutant que, de toute façon, je n'en avais pas tellement le droit sur le plan moral dans ma biographie familiale !

*

* *

Mais, en ce qui me concerne, il y avait, dans l'immédiat, un problème à résoudre et pas n'importe lequel : comment me faire rattraper, vite fait bien fait, plusieurs années d'études primaires et secondaires chaotiques, pour me remettre à flot dans toutes les matières et me permettre d'intégrer normalement un établissement scolaire ?

Mes parents eurent recours, ni plus ni moins, au précepteur ! Il s'agissait d'un ancien jésuite, défroqué en raison de ses critiques envers sa hiérarchie pour son attitude pendant la guerre. Il maniait le français comme savent le faire très souvent les Belges francophones et francophiles !

Mon ami Arthur plaisantait en me rappelant cette boutade.

Grand synode à Rome. Un jésuite, égaré, avise un groupe de dominicains :

– « *Bonjour mes frères ! Auriez-vous, s'il vous plaît, l'extrême obligeance de bien vouloir m'indiquer la route que je pourrais emprunter dans le but de me rendre à la Place Saint-Pierre ?* ».

Un dominicain lui répond :

– « *Bonjour mon frère. Rien de plus simple. Vous prenez la première à droite, puis la deuxième à gauche, puis la première de nouveau à gauche, puis, enfin, la deuxième à droite et ce sera, alors, tout droit !* ».

– « *On ne peut en effet plus simple ! Que le Seigneur soit avec vous !* ».

Un autre dominicain, à celui qui a répondu :

– « *Mais enfin, pourquoi diable… Oh, pardon ! Pourquoi donc ne lui as-tu pas dit que c'est tout droit ?* ».

Le dominicain complaisant :

– « *Parce qu'il n'aurait jamais compris !* ».

Il n'empêche qu'à raison de plusieurs heures par jour, en l'espace d'un an et demi, j'étais à peu près tiré d'affaire. Une autre paire de manches fut de m'intégrer dans le circuit scolaire traditionnel et d'en accepter toutes les contraintes. J'avoue que les choses furent, ici, beaucoup plus difficiles.

Après une 4ème poussive au Lycée français de Bruxelles, en pension dans une famille où j'eus mon premier flirt, je fus admis en 3ème au Lycée Faidherbe de Lille, deuxième bahut, à titre exceptionnel puisque l'internat ne commençait en principe qu'à partir de la 2nde.

Je me souviens que les "*grands*", dont nombre d'entre eux faisaient partie des jeunesses communistes, avaient monté tout un dossier, auquel mon frère aîné n'avait pas été étranger, soulignant le comportement ambigu du proviseur sous l'occupation !

C'est à la prestigieuse Ecole des Roches, en Normandie, troisième bahut, que je fis une 3ème et une 2nde, tandis que la famille s'était installée à Taverny (Val d'Oise), en octobre 1949, après avoir quitté Gand et en attendant la nouvelle affectation de mon père.

Le Lycée français de Baden-Baden fut le quatrième bahut, en novembre 1950, en 1ère et en compagnie de Jean-Claude Brialy, comme on l'a vu.

Cinquième lycée, celui de Saint-Maur-des-Fossés (Val de Marne) en 1ère, la famille s'étant installée à Maisons-Alfort en mars 1952, en attendant le poste de Syrie où mon père fut nommé en juillet 1953.

Sixième et dernier bahut, le Lycée français de Damas où je passai enfin mon baccalauréat… avec mention assez bien.

Cinq classes, six bahuts, deux redoublements, soit sept ans, de mon quatorzième à mon vingt-deuxième anniversaire ! Pas de quoi pavoiser, même avec des circonstances atténuantes !

La mort de mon père, le 22 août 1954, deux semaines avant mes vingt-deux ans, scella la fin de cette époque et en ouvrit une toute nouvelle.

Cependant, je ne voudrais pas quitter la Syrie et le Liban, qui étaient alors des pays très sympathiques, sans évoquer quelques unes de mes excursions, d'autant plus inoubliables pour moi qu'elles furent le plus souvent l'occasion de rassemblements de toute ma famille, dans ces hauts lieux dont plusieurs sont aujourd'hui inscrits au patrimoine de l'humanité de l'UNESCO.

Palmyre, oasis chargée d'histoire gréco-romaine. Le Krak des Chevaliers, château fort de l'époque des croisades. La mosquée des Omeyyades, joyau damascène de l'islamisme. La plaine libanaise de la Bekaa, avec son musée *in situ* de Baalbek, ses vestiges imposants de la colossale architecture antique et sa fameuse "*pierre du sud*", ce bloc de granit découpé sur cinq faces mais encore attaché à sa carrière, dont les dimensions cyclopéennes de 21 x 4,8 x 4,3 mètres, soit une masse de 1.200 tonnes, suscitent toujours tant et tant d'interrogations sur son origine et sa destination !

Les imaginations sont fertiles, allant bien sûr jusqu'à imaginer un coup monté par des extraterrestres ! Mon ami Arthur est plus pragmatique :

– « *Et si, tout bêtement, les Romains avaient voulu nous laisser un message, sous forme de gag, du genre "il ne faut pas avoir les yeux plus gros que le ventre" ?* » !

Jean-Claude, Pierre, Bernard et Jacques Puaux
en 1943 à Pointe-Noire (République du Congo)

2
Mes études supérieures et ma vie professionnelle

Le jour de mes vingt-deux ans, le 9 septembre 1954, mon père fut enterré, selon le rite protestant, au cimetière de Gluiras, le village ardéchois des Boutières où il était né moins de cinquante-trois ans auparavant.

Comme souvent dans la France profonde, ce cimetière se partage principalement entre quelques familles qui y ont rangé, côte à côte, plusieurs de leurs générations.

Nous nous installâmes alors, ma mère, mes deux frères cadets et moi, à Baden-Baden, en Allemagne, chez mon frère aîné, pendant quelques mois. Il s'agissait de faire la soudure avec notre nouveau point de chute dans un de nos postes diplomatiques ou consulaires où le Quai d'Orsay devait proposer un job à ma mère pour lui permettre de continuer à élever ses enfants encore écoliers, étant donné la modicité de sa pension de réversion, faute d'annuités suffisantes. Heureusement, je réussirai quelques années plus tard à obtenir une revalorisation importante de sa part de redevance sur débits de tabac qu'un ami de la famille lui avait fait obtenir entre temps.

Mon frère ne pouvant pas tous nous héberger chez lui, je passais mes nuits dans un confortable trois étoiles, où je fus pris d'une boulimie de littérature classique. Douillettement installé, sur les coups de vingt-et-une heures, jusqu'à deux ou trois heures du matin, nuit après nuit, roman réaliste après roman naturaliste, je me mettais à dévorer Stendhal, Dostoïevski, Zola, Balzac, Flaubert, Anatole France… Cherchais-je à rattraper du temps perdu ?

Quand j'écris "*dévorer*", c'est une façon de m'exprimer. Le terme "*déguster*" est plus approprié car, en réalité, je lis lentement et, environ toutes les heures, je fais une pause de quelques minutes, les yeux fermés, en concentration, de façon à faciliter la digestion et, surtout, d'essayer de tirer le meilleur profit de la "*substantifique moelle*" de mon ouvrage.

Ma mère ayant finalement été affectée à notre ambassade en Autriche, nous voilà repartis !

*

* *

Nous logions au début, avant de trouver un appartement en centre-ville, en banlieue assez lointaine de Vienne. L'hiver 1954-1955 fut rude et ma mère devait faire un trajet assez long en tramway pour se rendre à son travail. Un beau matin, au froid encore plus sec que celui des jours précédents, elle partit comme d'habitude et fut étonnée des amabilités que lui prodiguaient certains passagers, parfois avec chaleur, allant même jusqu'à des tapotements sur la joue ! Elle ne comprenait goutte à ce qu'on lui disait mais répondait, d'un air entendu, par de larges sourires ne nécessitant aucune traduction. Arrivée à l'ambassade, elle comprit. On avait tout simplement cherché à la prévenir qu'elle avait un commencement de gelure à la joue ! Du coup, elle garda toujours un discret tatouage couleur liège sur une pommette.

Dans le but louable de donner davantage de cœur à l'ouvrage des serviteurs de la France à l'étranger, la valise diplomatique pouvait parfois servir à acheminer à leur attention de quoi les ressourcer en quelque sorte. Il s'agissait en l'occurrence… d'un camembert et d'un litre de vin rouge ! J'allais chercher une baguette de pain chez un boulanger français égaré dans le coin ! Quitte à blasphémer, ce que je peux assurer – j'en ai encore l'eau à la bouche – c'est que le pape n'était pas notre cousin, encore que ces agapes donnaient lieu à un cérémonial quasi religieux !

Notre arrivée à Vienne coïncida à quelques mois près avec le départ des forces alliées d'occupation. La levée des camps donna lieu à des défilés de troupes dans les rues de la capitale, sous les applaudissements de la foule venue, nombreuse, assister à ce qu'elle considérait comme un véritable spectacle. L'intensité des applaudissements était, en effet, fonction, non pas de l'admiration que pouvait susciter telle où telle armée, mais du plaisir de la voir s'en aller !

J'ai souvenir que nos troupes furent copieusement ovationnées, bien que ou parce que, prétendaient de mauvaises langues, elles laissaient quelques rejetons derrière elles !

Mais, trêve de plaisanterie, il était temps que je pense à mon devenir. Mais, quand on vit à l'étranger, que l'on n'a pas d'attache en France, ce n'est pas évident, même à vingt-deux ans.

*

*   *

Je fis une année de "*pionicat*" au Lycée français de Vienne, à l'issue de laquelle je m'en fus passer à Strasbourg une propédeutique littéraire. Ce diplôme, qui sanctionnait la première année de licence de lettres, ne demandait pas – la preuve – une préparation sur place. Par contre, n'en allait-il pas de même des études que je voulais entreprendre. Je briguai donc un poste de surveillant d'internat près de Strasbourg, dans l'intention d'aller suivre les cours de sa faculté de droit. J'obtins… le Lycée de garçons de Thionville, en Moselle ! Ce que je ne savais pas, en outre, c'est que j'avais mangé mon pain blanc à Vienne, dans la mesure où mes potaches étaient alors les rejetons de leurs diplomates de parents, d'ailleurs de toutes nationalités, ou de l'aristocratie locale, ce qui constituait la garantie d'une certaine éducation.

Pour donner un aperçu de ce que pouvait être à l'époque un établissement scolaires de la France profonde, voici trois anecdotes qui en disent assez long !

Premier décor ? La cour de récréation où j'étais, seul, sensé "*surveiller*" une bonne centaine d'élèves. Bagarre avec vociférations des supporters, ce qui était ma foi assez fréquent. Intervention rapide, pour éviter la contagion, et, ce qui était quand même heureusement moins traditionnel, une bordée d'injures à mon attention de la part d'un garnement de 6ème, tout de suite âgé d'une douzaine d'années, fils d'un industriel du coin bien connu, dans le style :

– « *Vieux c… Mon père et mon frère vont venir te casser la g… !* ».

Attiré par le bruit, arrive le surveillant général qui, après mes explications, assène une baffe magistrale au chenapan, de quoi assommer un bœuf, assortie de quelques commentaires :

– « *Voilà ! Et, si tu n'es pas content, va le dire à ton père, sans oublier de le prévenir que tu es collé samedi prochain, tout l'après-midi !* ».

Deuxième décor ? L'anniversaire d'un collègue, autre pion d'internat, et un pot en son honneur. Je crois bien faire de prendre quelques photos. Le soir, revenu dans ma chambre, je trouve mon appareil de photo grand ouvert, jeté sur mon lit, la pellicule bien sûr entièrement voilée, avec un mot aimable, griffonné sur un papier : "*Toi, l'étranger, on t'a pas demandé de venir nous espionner*" ! Aujourd'hui je porterais plainte… pour rendre service à mon bienfaiteur !

Troisième décor ? Un des draps de mon lit, fournis bien entendu par l'employeur, en l'occurrence l'Etat, étant partiellement déchiré, en dormant je l'avais achevé. Le lendemain, convocation dans le bureau du proviseur, où je comparus devant un aréopage auquel participaient le censeur et l'intendant, la pièce à conviction ayant été soigneusement étalée sur le sol ! S'ensuivit un échange d'amabilités :

– « *Pouvez-vous nous expliquer les raisons de cette dégradation du bien public ?* » !

– « *Le Ministère de l'Éducation Nationale…* », répondis-je, tout en pliant tranquillement mon drap, « *…aurait-il omis de vous prévenir qu'un de mes hobbies est de déchirer les draps de lit et, accessoirement, que cet objet n'a pas vocation à être exposé ?* » !

Malgré ces travaux pratiques, je ne réussis à décrocher qu'une admissibilité en première année de droit et, encore, en ai-je perdu le bénéfice dans le temps en raison des circonstances.

*

* *

En effet, je reçus alors un coup de fil de ma mère, qui avait emmené mes deux jeunes frères en vacances à Innsbruck, la station de ski autrichienne bien connue, me précisant que l'état de santé du benjamin s'était brusquement aggravé. Quelques jours auparavant, en jouant avec un camarade, celui-ci l'avait piqué de la pointe de son compas à la paume d'une main. L'infection avait sournoisement couvé dans la myéline, cette gaine qui protège les nerfs, pour éclater tout à coup, au point que les médecins n'excluaient pas l'amputation ! Je sautai dans le premier train à destination d'Innsbruck et réussis à convaincre les toubibs de tenter le tout pour le tout. Finalement, le pire put être évité grâce à des bains de sérum physiologique et aux antibiotiques.

Puis ce fut à mon tour de tomber sérieusement malade. Un après-midi, tandis que je rendais visite à mon frère, je fus pris d'une syncope, sans perdre connaissance mais avec gonflement du cœur. L'hôpital local de "*la Megève tyrolienne*", pour qui n'avait plus aucun secret la réparation des fractures les plus vicieuses que l'on peut se faire en pratiquant le ski, se perdit en conjectures. Je fus hospitalisé à Vienne pendant plusieurs semaines. Il s'agissait dans l'immédiat de réparer les dégâts psychologiques que peut provoquer une maladie innommée. J'eus droit à des bains de boue et à des bains de brosse, spécialités autrichiennes très efficaces de neurothérapie. En fait, j'ai appris plus tard par un toubib français que j'avais très vraisemblablement fait une paratyphoïde, ce qui n'avait rien d'étonnant puisque je n'étais pas vacciné et que j'avais bu de l'eau du robinet dans le train !

Faute de pouvoir rapidement retourner en France mais ne voulant pas non plus rester aux crochets de ma mère, je me fis embaucher comme documentaliste à l'Agence Internationale de l'Energie Atomique, connue sous son sigle d'AIEA. J'aurais pu aussi bien y rester et y faire carrière, puisque l'on avait fini par me proposer un contrat international et que les chances de promotion interne étaient réelles. Avec du recul, je pense qu'en refusant je rejetai ainsi, en fait, la perspective de m'installer pour une longue durée à l'étranger, qui plus est dans un pays pour lequel je n'avais pas une attirance particulière.

Toutefois, on ne refait pas sa vie *a posteriori* et rien ne sert d'épiloguer sur ce qui n'est pas arrivé, d'autant moins que c'est à ce moment-là que, voyant le temps passer et mes possibilités s'estomper de mener à bien des études supérieures dans de telles conditions, je décidai de bifurquer en tentant ma chance du côté de l'administration, via un concours de la fonction publique.

*

* *

Dans le but de me présenter à un concours du Ministère des Affaires Etrangères, j'obtins un poste à notre Consulat général à Londres, grâce à ma pratique de l'anglais. J'y restai un an. J'habitais une chambre aveugle, en sous-sol, comme c'est si courant dans la capitale britannique, mais honnêtement aménagée. J'avais même un piano, sur lequel je tapotais de temps en temps, autant que me le permettaient quelques années d'apprentissage, que j'ai regretté toute ma vie de n'avoir pas approfondies.

Parmi ses nombreux locataires, la plupart des étudiants, notamment indiens, je tenais une place privilégiée auprès de mon brave bailleur, sans doute par atavisme, puisqu'il s'agissait d'un Français qui s'était réfugié en Angleterre pendant la guerre et y avait finalement fait souche, mais avec un brin de nostalgie. Ce qui me positionnait, encore plus, à coup sûr, à ses yeux c'est que j'étais un des rares, sinon le seul, à comprendre l'idiome qu'il s'était forgé et qui donnait à peu près ceci, quand il venait m'apportait dans un bocal une part du repas qu'il avait personnellement mijoté, sa femme étant interdite de cuisine depuis qu'elle avait tenté de lui faire goûter à un plat local de sa préparation !

– « *Vous put ça in ze fridgidaire !* ».

Mon grand patron, le consul général, que je voyais rarement, était un original d'un autre genre. Très érudit et adepte d'une religion d'Extrême-Orient, où il avait fait une bonne partie de sa carrière, il recevait ses visiteurs pieds nus et les invitait à se déchausser en leur vantant tous les bienfaits, tant physiques que spirituels, que l'on peut retirer de ce rapprochement de l'état de nature !

Quant à mon travail, modeste employé de chancellerie que j'étais, je m'occupais beaucoup de chiens écrasés, ce qui, fussent-ils français, en limitait considérablement l'intérêt. Heureusement mon emploi du temps me permettait de venir à Paris de temps en temps, grâce aux tarifs réduits "*off-peak*" (heures creuses), pour y suivre des cours de préparation aux concours administratifs dispensés par le Ministère des Finances.

Un samedi après-midi, ayant pris un peu de retard dans mon travail, je me rendis au consulat, dont j'avais les clefs d'entrée. Tandis que je vaquais à mes occupations, le portier, qui logeait sur place, au sous-sol, un ancien légionnaire d'origine allemande, une armoire à glace dans laquelle il avait réservé une grande place au whisky, vint dans mon bureau m'intimer l'ordre de déguerpir illico. Déjà bien imbibé, ses vociférations firent sortir de sa tanière le vice-consul, autre outre à whisky, dont il avait en fait, au départ, voulu couvrir la présence chez lui. N'ayant aucune envie de me colleter avec eux, je décidai de partir mais aussi dans la foulée – trop c'est trop – de rentrer définitivement à Paris le lendemain.

Dès lundi matin je me présentai au Quai d'Orsay pour m'expliquer sur mon abandon de poste. Coup de fil de la direction du personnel au consul général, pour s'entendre dire :

– « *Il aurait quand même pu venir à la maison me dire au revoir !* ».

Il m'est arrivé alors quelque chose d'énorme, quelque chose de totalement imprévu sinon d'imprévisible : mon appel sous les drapeaux !

*

* *

J'avais vingt-six ans et j'avais été jusque là purement et simplement "*oublié*" !

Or, en 1958, il ne fallait pas sortir de Saint-Cyr pour comprendre pourquoi l'Algérie devait inexorablement accéder tôt ou tard à l'indépendance, qu'on le veuille ou non. En conséquence je ne me sentais aucune vocation, au nom d'une cause quelconque, non seulement pour aller me faire flinguer par un fellaga, mais non plus pour aller en descendre un !

Quoi qu'il en soit, je fus incorporé à l'Ecole des Officiers de Réserve au génie aérien de Metz. Une méchante sciatique rebelle, qui me rappelait celle dont avait souffert mon frère aîné dans les mêmes circonstances, me conduisit à l'hôpital militaire de Toul où le médecin qui finit, non sans mal, par m'y admettre me prévint :

– « *Si je te vois une seule fois oublier de boiter, tu te souviendras de moi toute ta vie !* ».

Avant d'être réformé j'eus largement le temps, pendant trois mois, de constater, en particulier au service psychiatrique de l'hôpital, les dégâts occasionnés par cette "*guerre*", notamment sur des troufions appartenant à des classes appelées deux fois !

Je mis plusieurs mois à me remettre des "*soins*", prodigués par mes hôtes ! Mais, à tout malheur, quelque chose peut être parfois bon ! Je pris le taureau par les cornes.

Pour commencer, je passai le concours de "*chiffreur*" aux Affaires Etrangères, concours de catégorie B (niveau baccalauréat). Au moins cela me mettait un pied à l'étrier pour passer un concours de catégorie A (niveau licence).

Le travail consistait à assurer les communications écrites aller-retour à caractère confidentiel entre la "*centrale*" et nos postes diplomatiques et consulaires de par le monde. Etant donné qu'il n'y a pas de système de cryptographie absolument indéchiffrable, si sophistiqué soit-il, on utilisait le procédé des bandes aléatoires.

Le service respectait, ça va de soi, certaines mesures de sécurité. C'est ainsi, par exemple, qu'il y avait une déchiqueteuse, cette machine qui transforme en confettis les documents à jeter et dont le maniement est délicat, comme nous l'expliquait régulièrement l'agent qui en avait fait sa spécialité. Cet agent, au demeurant, avait fait une carrière tout à fait remarquable. Pour avoir signé pendant la guerre des arrêtés de révocation à l'encontre de ses collègues qui avaient rejoint la France Libre, mon père entre autres, il avait subi le même sort à la Libération mais il avait engagé un recours et le Conseil d'Etat, considérant qu'il n'avait fait qu'obéir à des ordres de sa hiérarchie, avait fini, des années après, par le réintégrer et lui peaufiner, comme cette juridiction sait le faire, une reconstitution de carrière particulièrement soignée, le catapultant au grade de… ministre plénipotentiaire !

Quand il arrivait au bureau, à une heure compatible avec ses hautes responsabilités, d'aucuns, parmi les chiffreurs, chantonnaient, sur un air irrévérencieux :

– « *Tiens, v'là l'plénipot ! À la déchiqueteuse le plénipot !* ».

Histoire de rompre la monotonie, j'acceptai une mission à Alger en 1962, juste après l'indépendance, consistant à mettre en place l'opération de photocopie des registres de l'état civil. J'étais à cent lieues de me douter que je retrouverais ces registres quelques années plus tard à Nantes, en Loire-Atlantique, où j'allais être envoyé en pénitence au Service Central de l'État Civil !

Sauf vocation particulière, le chiffre peut être considéré comme une expérience acceptable à la condition qu'elle ne dure pas trop longtemps. Aussi, dès que l'occasion se présenta, je lui tirai ma révérence pour la Direction des Conventions Administratives.

*
* *

Certes, ne s'agissait-il pas d'une direction "*noble*" comme ses consœurs politiques ou culturelles, mais mon calcul était simple. Pour quelqu'un qui ne sortait pas du sérail, c'était le seul endroit où je pouvais espérer me faire un trou et, de surcroît, ce qui est loin d'être évident dans l'Administration, en un domaine qui m'intéressait, à savoir le droit. Et puis encore, je savais, pour l'avoir constaté, que l'intérêt du travail est le plus souvent bien supérieur dans des services techniques où on peut accéder à des initiatives, que dans des sphères sans doute plus prestigieuses, ou du moins considérées comme telles, mais où la moindre prérogative est l'apanage, la chasse gardée, de quelqu'un que l'exécutant ne connaît même pas !

J'ai donc pris mon pied dans ce nouveau point de chute et, ceci, pour des raisons variées, même si l'expérience s'est mal terminée, par un coup du sort inimaginable. En effet, cette expérience m'a permis, malgré tout, de rebondir, et même au-delà de mes espérances !

Tout d'abord, mon travail consistait essentiellement à participer à la négociation, notamment avec des pays de l'Est encore égarés par la guerre froide, des conventions de droit international en faveur de nos ressortissants respectifs, étant donné le grand vide qui existait alors dans ce domaine (circulation des personnes, droit de la famille, exequatur des jugements, extradition…).

En second lieu, j'ai appris à rédiger. Non pas à écrire correctement, mais à comprendre tout le parti que l'on peut tirer d'une langue bien léchée et bien maîtrisée. Mon maître dans ce domaine fut Gilbert de Chambrun, le patron de la direction.

La première "*note diplomatique*" que je soumis à sa signature, non sans un certain trac, fut l'occasion d'une mise au point inoubliable. Il s'agissait de faire valoir à une ambassade étrangère, sans en avoir trop l'air bien entendu, les raisons pour lesquelles certaines de ses propositions étaient inacceptables. Le patron me fait venir dans son bureau, m'invite à m'asseoir et ouvre le parapheur. Dans un silence religieux, il lit lentement ma prose, à voix basse mais parfaitement audible, tout en opinant de temps en temps de la tête, puis, prenant son stylo qu'il tenait entre son pouce bien ouvert et son index complètement replié, comme tous ceux qui ont la crampe de l'écrivain :

– « *Bien, très bien, mais, si vous me le permettez, on pourrait peut-être ajouter une ou deux précisions !* ».

Puis, ayant consciencieusement barré quelques lignes de mon texte, l'une après l'autre, et fait un grand renvoi à la plume vers un coin disponible de la page, il se met à rédiger. Incapable de déchiffrer ses corrections, j'apportai le parapheur à sa secrétaire, laquelle me le rapporta dans la journée avec la nouvelle mouture de ma note.

Ce fut pour moi une véritable révélation !

Concrètement, j'ai appris que la rédaction est un instrument dont il faut apprendre à se servir. Au départ, certes, il est évident qu'il faut commencer par mettre de l'ordre dans ce que l'on a à dire, avec Boileau et ses deux vers célèbres de l'Art poétique :

"*Ce qui se conçoit bien s'énonce clairement*
Et les mots pour le dire arrivent aisément" !

Toutefois, la voie qui va de la pensée à son accouchement sur le papier est en fait à double sens car la rédaction nourrit et affine la réflexion.

En outre, le maître avait ses marottes. Ainsi, il avait horreur de l'expression "*en revanche*" qu'il nous demandait d'utiliser avec parcimonie, qui plus est vis-à-vis d'étrangers, uniquement si l'on voulait exceptionnellement faire comprendre au destinataire qu'on lui réservait un chien de sa chienne ! C'est pourquoi il préférait à cette expression quelque peu brutale le "*par contre*" ou le "*à l'inverse*"... Mais ce qui le faisait surtout tiquer c'était l'expression "*je vous prie de bien vouloir trouver ci-joint*", pourtant si souvent utilisée.

– « *Non et non !* », s'exclamait-il, « *On prie quelqu'un de vous rendre un service et non pas de constater un fait !* ».

Une habitude sympathique, qui fut pour moi une première et une dernière dans toute ma carrière administrative, était le thé qui était préparé deux ou trois fois par semaine, sur le coup de seize heures, et que l'on venait prendre en fonction de ses disponibilités. C'était l'occasion de se rencontrer entre collègues et de voir de temps en temps le directeur, ce qui est rarissime dans la fonction publique française.

C'est ainsi que j'eus l'occasion un jour de faire part à mon directeur de mon étonnement d'avoir vu la veille, en me rendant à la cantine, untel, accroupi dans le bureau de son voisin avec un mètre à la main ! Et moi de poser la question de savoir s'il était envisagé de changer les moquettes dans les bureaux. Enorme éclat de rire du patron qui nous explique qu'untel, conseiller de 1ère classe, s'enquérait sans doute tout simplement de la surface du bureau de son voisin, conseiller de 2ème classe !

Une autre fois, j'eus l'occasion d'avouer à mon directeur qu'à chaque fois que je prenais l'avion j'avais comme une boule sur l'estomac.

– « *Cher ami, rassurez-vous, enfin si je peux dire,* », me répondit-il, « *je ne connais personne qui n'y pense pas un peu… !* ».

Il se trouve que, quelques jours plus tard, j'accompagnais mon directeur lors d'une mission à Rome. Il était en première tandis que j'étais en seconde classe, mais le hasard faisait que je le voyais parfaitement bien. Lorsque l'avion se trouva au début de sa piste d'envol et que le pilote mit comme d'habitude les pleins gaz en vue du décollage, que vis-je ? Eh bien mon directeur faire un discret signe de croix !

Mon ami Arthur, lorsque, un peu honteux, je lui faisais part de mon appréhension, expliquait ce comportement par le fait qu'en cas de pépin en avion on ne peut strictement rien faire si ce n'est que d'attendre, plutôt plus que moins longtemps…, tout en sachant que les miraculés du ciel sont vraiment des miraculés !

Gilbert de Chambrun était en outre un fin diplomate. Jugez en : négociation avec une délégation autrichienne conduite par une diplomate. Déjeuner. Reprise des travaux. Somnolence. Catastrophe. La diplomate autrichienne se retrouve parterre ! Mon patron bondit, au secours de l'infortunée, et s'écrie dans un même élan :

– « *Ah, ce mobilier du Quai d'Orsay ! Combien de fois n'ai-je pas demandé qu'on me changeât ces chaises brinquebalantes ?* ».

"*Par contre*", "*à l'inverse*", voire "*en revanche*", cela ne l'a pas empêché, ce fameux jour de juin 1968, d'aller voir le directeur de cabinet du ministre pour lui dire tout ce qu'il pensait du sort que l'on nous réserva et surtout des méthodes utilisées, lors des négociations de paix entre Etats-Unis et Viet Nam. Il se trouve que la Direction des Conventions Administratives était installée rue La Pérouse, dans le 16ème arrondissement de Paris, où elle occupait une partie du deuxième étage d'un immeuble dont le rez-de-chaussée abrite le Centre de Conférences Internationales de l'avenue Kléber ! Le jour J, avec mes collègues, nous étions tous penchés aux fenêtres pour assister, aux premières loges, à l'arrivée des délégations. Or, les services de sécurité américains, dont la présence nous avait été imposée, encore traumatisés par l'assassinat par un sniper de Martin Luther King, deux mois auparavant, se mirent littéralement à paniquer et il fut exigé en très haut lieu que certaines mesures soient prises immédiatement. Lesquelles ? Tous les agents travaillant dans l'immeuble furent invités à rentrer chez eux et à ne plus revenir au bureau jusqu'à nouvel ordre, en attendant que des travaux de sécurité soient menés à leur terme. Je reçus chez moi le lendemain, par motard, un télégramme me le confirmant. Une semaine après, nous fûmes invités à reprendre normalement nos activités.

Oh, stupéfaction !

Non seulement le Centre de Conférences avait été hermétiquement isolé du restant de l immeuble mais nos fenêtres avaient été occultées par d'épaisses tôles d'acier ! Et il en fut ainsi jusqu'à mon départ un an après.

*

* *

Je réussis alors le concours de secrétaire adjoint des Affaires Étrangères, assez trapu, avec la traditionnelle épreuve de culture générale, des langues étrangères et du droit, en veux-tu en voilà, privé, public, international, maritime, aérien… et, après l'admissibilité, la redoutable séance de torture devant le jury.

À ce propos, mon ami Arthur se plait à rapporter cette conversation qu'il a surprise entre examinateurs pendant une pause déjeuner :

– « *J'ai trouvé la question que je vais poser cet après-midi à un candidat* ».

Ses collègues :

– « ??? ».

– « *Eh bien voilà: qu'est-ce qui vit dans une basse-cour, qui fait "cocorico", qui a une crête rouge sur la tête et qui a trois pattes ?* ».

– « *Eh bien c'est un coq ton machin ! Mais pourquoi trois pattes ??* ».

– « *Eh bien simple ! C'est pour rendre la question plus difficile !* ».

Pour le préparer, ce concours, étant donné qu'avec ma femme nous avions entre temps créé un foyer et que nous logions assez petitement dans un trois pièces, j'avais passé une partie de mes nuits dans la cuisine, où je travaillais sur une planche installée, en guise de bureau, en travers de l'évier. Dans la journée, autant que mon travail me le permettait, j'allais suivre les cours de l'Institut des Sciences Politiques.

Le diplôme en poche, je fus nommé vice-consul, attaché de presse, à notre Consulat général de Francfort-sur-le-Main en Allemagne.

À peine arrivé sur place, ma femme et mes enfants ne m'ayant pas encore rejoint, je fus rappelé à Paris, à la demande de la Direction de la Surveillance du Territoire, la fameuse DST. Pour la petite histoire, il est amusant de savoir que c'est moi qui ai déchiffré le télégramme de convocation ! À Orly, à ma descente d'avion, un comité d'accueil d'une demi-douzaine de sbires m'attendait. L'entrée en matière faillit être musclée. On voulait me passer les menottes mais je m'y suis vigoureusement opposé. Je fus conduit place Beauvau, gardé à vue et interrogé pratiquement sans interruption pendant quarante-huit heures !

Mais quelle était donc la raison de ce charivari dans lequel je me trouvai tout à coup embringué ?

Je finis par l'apprendre. On voulait savoir si je connaissais un certain diplomate roumain et quelle était la nature de nos relations. J'expliquai à mes interrogateurs que j'avais effectivement connu ce diplomate qui, au demeurant, avait quitté son poste à Paris depuis un certain temps et qu'il s'agissait d'un de mes interlocuteurs professionnels. Il me fut alors précisé que ce personnage était en fait un espion de la "*Securitate*", le service roumain de renseignement de bien triste mémoire, et qu'un de ses comparses, ayant tourné casaque, avait révélé que mon nom figurait sur son carnet d'adresses.

Il s'agissait pour moi d'une information de polichinelle puisqu'il était de notoriété publique que les "*diplomates*" des pays de l'Est étaient, tous, des agents de renseignement. Pour la DST qui, à l'époque, trempait quotidiennement jusqu'au cou dans la guerre froide, cela était louche et elle n'hésita pas à saisir de l'affaire la Cour de Sûreté de l'État ! Après m'avoir entendu, le procureur décida de classer définitivement le dossier sans aucune suite.

Malheureusement, à la suite d'indiscrétions, dont l'origine est évidente, le journal "*Minute*", ce torchon d'extrême droite qui déshonore la presse française depuis un demi-siècle, a répandu sa boue : et j'appartenais au Service du Chiffre (que j'avais quitté depuis belle lurette), et, en tant que chiffreur, je détenais des secrets d'Etat, et j'appartenais à une famille de diplomates de haut rang qui cherchaient à étouffer l'affaire coûte que coûte (mon père était décédé depuis quinze ans)… Tant et si bien qu'il fallut qu'il y ait un bouc émissaire, un lampiste de préférence ! Gilbert de Chambrun eut beau prendre ma défense en se portant garant de mon intégrité, je fus envoyé à Nantes, en quarantaine, au Service Central de l'État Civil.

Peu importait au fond jusque là. Cela nous était égal avec ma femme. Après tout, Nantes vaut bien Paris ou Francfort, notamment pour élever trois enfants ! Par contre, ce que je n'ai jamais digéré c'est que, lorsque le moment est arrivé de ma titularisation dans mon nouveau corps, après l'année traditionnelle de stage, mon chef de service me convoqua dans son bureau pour me tenir ce langage, tout de go :

– « *Voila, cher ami, je suis bien ennuyé car on me demande en haut lieu de faire un rapport négatif sur votre stage !* ».

Certes, cela m'est-il resté en travers de la gorge que l'on aille sans aucune raison valable et donc sans vergogne jusqu'à me priver du bénéfice d'un concours acquis à la force du poignet. Toutefois, comme je l'ai déjà laissé entrevoir, ce coup de Jarnac ne m'a pas empêché de rebondir !

Non, ce que je n'accepte pas, encore aujourd'hui, alors que je suis à la retraite depuis quinze ans, c'est la couardise que l'on rencontre trop souvent au sommet de la fonction publique !

*

* *

Parti comme je l'étais, j'étais condamné à passer un autre concours de catégorie A, mais, ce coup ci – un âne ne bute jamais deux fois sur la même pierre – en évitant d'être tributaire du bon vouloir d'un ministre pour ma titularisation, vu la carte de visite que m'avaient peaufinée la DST et le Quai d'Orsay réunis ! L'opportunité se présenta avec la création à Nantes d'un Institut Régional d'Administration où la titularisation est l'affaire du jury de sortie. Je repris donc le taureau par les cornes, moi qui ai horreur des corridas, mais, je dois l'avouer, j'étais devenu assez blindé face aux concours de la fonction publique :

À ma sortie, deux ans après, j'ai parachevé mes études de droit par une thèse et j'ai choisi le Ministère de l'Industrie. Pourquoi ? Pour plusieurs raisons. Il avait le vent en poupe, à tel point qu'il finira même par être phagocyté par le Ministère de l'Economie et des Finances. J'estimais en conséquence pouvoir y rattraper le temps perdu tout en faisant une carrière intéressante. De surcroît, je savais que les primes y étaient substantielles, pouvant atteindre, dans certains cas, le plafond des 99 % du traitement indiciaire de base, régime que les ingénieurs des mines avaient décroché depuis longtemps !

Ce qui ne manque pas de piquant, pour la petite histoire, c'est que, à peine affecté, je fus envoyé en mission pour négocier des projets d'accord de coopération industrielle en Pologne, en Roumanie, en Albanie… !

Il me restait à me frayer un chemin en me rapprochant, autant que possible, du bon Dieu et de ses saints, ce qui, dans une administration centrale, correspond au ministre et à son cabinet. Pour ce faire, je m'y pris en deux temps, tout en évitant, dans le royaume où les ingénieurs des mines se partagent les prébendes, d'emprunter leurs plates-bandes.

La première étape, après mon point de chute, fut la Direction du Personnel et de l'Administration Générale où je fus chargé *in fine* du Bureau de la Comptabilité. RAS, si ce n'est que mon directeur me fit un jour venir dans son bureau :

– « *Voila, cher Monsieur, la cantine du ministère, qui est gérée par une association, me pose de gros soucis quant à son fonctionnement. L'équipe qui s'en occupe actuellement refuse depuis des années d'actualiser le prix des repas, de telle sorte que la subvention versée pour son équilibre financier a pris des proportions anormales par rapport à ce qui se passe dans les autres administrations. Je souhaiterais, si cela ne vous pose pas trop de problème, que vous constituiez une équipe et que vous vous présentiez aux prochaines élections en vue de prendre ce dossier en mains, tout cela restant bien entendu entre nous !* ».

Et c'est ainsi que je suis devenu, pendant trois ans, président du conseil d'administration de la Cantine Interministérielle Industrie, Agriculture et Services du Premier Ministre de la rue Barbet de Jouy dans le 7ème arrondissement de Paris. L'expérience fut d'autant plus intéressante qu'il s'agissait d'une véritable entreprise servant plus de deux mille repas par jour, ayant son restaurant à la carte et employant cinquante salariés. En sus, j'avais eu à recruter un nouveau gérant et j'avais convaincu l'administration de faire entreprendre des travaux de rénovation d'un montant de vingt millions de francs.

La deuxième étape de ma nouvelle carrière fut le Service des Chambres de Commerce et d'Industrie. Mais, pourquoi donc ce choix, alors que le service des CCI ne bénéficiait pas d'une cote extraordinaire ?

Mon calcul était simple. J'avais eu l'occasion à plusieurs reprises, depuis mon poste précédent, de constater que les ministres chargés de la tutelle de ces établissements publics, rattachés à l'Etat, étaient véritablement taraudés, quelle que soit la couleur du gouvernement en place, confrontés qu'ils sont, dans une économie libérale, à l'ambiguïté de leur rôle, tant en ce qui concerne l'industrie que le commerce, par la façon la plus efficace de tirer le meilleur profit possible d'un tel levier d'intervention. Le moindre dossier remontait tout de suite aux ministres de tutelle !

Une fois sur place, en obtenant, coup sur coup, d'être chargé de la tutelle juridique et de la tutelle sociale sur les CCI, je compris tout le parti que je pouvais tirer de mon choix, tant sur le plan de l'intérêt de mon travail que sur celui de ma promotion. Le fait est que je fus en relation étroite avec les conseillers techniques, voire les directeurs de cabinet, à propos d'une quantité de dossiers.

Cela m'a valu une lettre officielle de félicitation d'un ministre, l'Ordre National du Mérite et mon bâton de maréchal professionnel à l'Inspection Générale de l'Industrie et du Commerce, avec la faculté de m'en prévaloir à titre honoraire après mon départ à la retraite.

Et puis, cerise sur le gâteau, j'ai publié le "*Que sais-je ?*", "*Les Chambres de Commerce et d'Industrie*", aux Presses Universitaires de France, et un traité "*Les Chambres de Commerce et d'Industrie au passé, au présent et au futur*", chez L'Harmattan.

République Française

Ministère de l'Industrie
et de l'Aménagement du Territoire

Le Ministre

Paris, le 20 AVR. 1989
101, Rue de Grenelle
75700 Paris Cedex
Tél : 45 56

DGI
ARRIVE LE 21 AVR. 1989

Réf. : NW/HC 164

CAB N° 208 Z

NOTE pour le

DIRECTEUR GENERAL de L'INDUSTRIE

J'ai été particulièrement sensible à l'ampleur et à la qualité du travail qui a été accompli à l'occasion de l'élaboration de l'ouvrage -relatif aux chambres de Commerce et d'Industrie- fonctionnement et régime électoral- qui vient d'être publié par la Direction des journaux officiels.

Je vous saurais donc gré d'exprimer à son auteur, M. Pierre PUAUX, responsable de la mission juridique à la sous-direction des Chambres de Commerce et d'Industrie, et aux agents qui ont pu l'assister dans cette tâche, le témoignage de ma très vive satisfaction.

Roger FAUROUX

Lettre officielle de félicitation

3
Ma vie familiale et mes hobbies

Je me suis marié civilement le 26 juin 1965 à Clamart (Hauts-de-Seine), relativement tard, à presque trente-trois ans, sans doute à la recherche du repos du guerrier mais, surtout, parce que j'avais rencontré la compagne avec qui je souhaitais créer un foyer et finir mes jours. Un sort cruel en a décidé autrement vingt-huit ans plus tard, alors que nous venions tout juste de fêter ses cinquante ans !

Nous n'avons pas tardé, au contraire, à peupler notre foyer, d'abord d'un garçon, Jean-Frank, le 16 mai 1965, puis de deux filles, Sylvie et Frédérique, les 1er juillet 1966 et 17 janvier 1968. N'étant pas courageux, je me contentai à chaque fois d'arpenter dans tous les sens les couloirs de la clinique, en grillant cigarette sur cigarette, ce qui n'était pas alors mon moindre défaut et que je paye lourdement aujourd'hui, par une broncho-pneumonie chronique avec obstruction, ce qui me condamne à vivre désormais sous assistance respiratoire, bien que j'aie arrêté de fumer il y a plus de trente ans, quand j'ai enfin réalisé qu'il valait mieux ne pas traverser les rues les yeux fermés !

À la naissance de mon fils, trouvant qu'il respirait anormalement vite, je m'en ouvris au pédiatre.

– « *Vous êtes comme tous les pères. Votre enfant est spécial !* ».

– « *Docteur, j'ai deux plus jeunes frères et je crois donc savoir à peu près ce qu'est un bébé !* ».

Diagnostic : une coarctation de l'aorte.

Pour remédier à cette malformation congénitale, qui est un rétrécissement sur le parcours de la crosse de l'aorte, à la sortie du cœur, il y avait deux écoles. L'américaine préconisait l'intervention chirurgicale précoce et la française qui, ayant constaté que la cicatrice ainsi provoquée constituait un nouveau rétrécissement relatif au moment de la croissance, lors de la puberté, préférait, sauf urgence, la méthode consistant à soutenir le cœur en attendant l'opération. Du coup, mon fils a eu droit pendant toute son enfance à ses cinq gouttes quotidiennes de digitaline sur un morceau de sucre, que ma femme n'a jamais oubliées une seule fois quelles que soient les circonstances ! Le jour de l'opération, quatorze ans plus tard, le chirurgien nous rassura à sa façon :

– « *Ne vous faites pas de souci. Il s'agit en fait de plomberie, de bonne plomberie mais de plomberie quand même !* ».

L'éducation de mes trois enfants, successivement à Clamart, à Nantes et à Paris, à laquelle ma femme s'est entièrement consacrée puisqu'elle a cessé toute activité professionnelle, me laisse bien évidemment une foultitude de souvenirs. Toutefois, parmi ceux-ci, aucun ne me semble devoir constituer un sujet de réflexion qui trouve place dans mon présent ouvrage.

Tout au plus, je dirai simplement que, pour suivre leur cursus scolaire, je me suis beaucoup impliqué dans la Fédération Cornec des parents d'élève mais que seule ma première fille a estimé utile de faire des études supérieures. Chacun est néanmoins entré dans la vie active dès qu'il l'a souhaité.

Par ailleurs, chacun m'a offert un petit enfant mais aucun ne s'est marié. Si j'avais un jugement à porter à ce sujet, je ne pourrais que constater que ces mœurs sont de plus en plus répandues et me poser des questions.

Par exemple, pourquoi la génération actuelle, d'après ce que j'ai pu observer à de nombreuses reprises, à travers mes enfants et la plupart de leurs copains, a-t-elle tant tendance à vivre au jour le jour ?

Pourquoi a-t-elle si souvent tant de mal à investir, dans tous les domaines, ne serait-ce qu'à moyen terme ?

La cause en est-elle le manque de visibilité de l'avenir, notamment sur le plan politique ?

L'égoïsme qui en résulte ne justifierait-il pas alors un régime où la solidarité, à défaut d'être spontanée, devrait être imposée ?

*

* *

Après avoir passé nos vacances le plus souvent en Ardèche, nous éprouvâmes, avec ma femme, le besoin de nous rapprocher de la mer, mais quelle mer et pourquoi la mer ?

Avec Céline, dans "*D'un château l'autre*", j'ai envie de répondre "*pas la Côte d'Azur, mais la mer, la vraie, l'Océan*" ! J'ajoute "*avec ses marées*" !

À vrai dire, nous ne raffolions ni de la canicule, ni de la cohue estivale, ni du bain de soleil, ni du cuisse-à-cuisse imposé. Et puis, dans le cadre de mon boulot, j'avais eu l'occasion de survoler la Méditerranée en hélicoptère, entre Monaco et Nice. Suite à notre conversation sur la pollution, le pilote, avec qui j'étais seul à bord, m'a présenté, à environ deux miles de la côte et à quelques mètres au dessus de l'eau, tout ce que l'on pouvait y découvrir, dont l'inventaire des "*Paroles*" de Prévert, dans "*La crosse en l'ai*r", ne constitue qu'un piètre ruisseau par rapport à cet immense dépotoir.

Or, avec ma femme, nous avions découvert en 1970 la Presqu'Île de Crozon, dans le Finistère, et, ma foi, ses côtes déchiquetées ainsi que ses paysages marins grandioses et formidablement impressionnants ne nous avaient pas du tout laissés indifférents.

Nous avons donc pris l'habitude d'y transporter nos pénates vacanciers, chez un agriculteur qui nous louait un bungalow que nous avons dû amortir une bonne vingtaine de fois !

Et puis nous fûmes pris par deux nouveaux virus, particulièrement contagieux au voisinage de la Mer d'Iroise, celui de la pêche et celui de la voile.

* * *

Enfant, j'avais déjà pris un goût immodéré pour la chasse.

Le devais-je à mon père, qui m'avait souvent emmené avec lui aux perdrix et autres perdreaux en Ardèche, aux lapins et autres lièvres en Australie, aux cerfs et autres biches dans les îles calédoniennes ? Adolescent, le virus ne m'a pas quitté, au contraire, ni en Forêt Noire, ni en Syrie.

Comme tout chasseur, j'aurais évidemment, non pas des tartarinades, mais mille authentiques anecdotes à raconter sur mes "*exploits*" cynégétiques. Il se trouve qu'avec du recul je n'en suis pas fier du tout.

J'ai même pris en grippe les jardins zoologiques jusqu'à ce que mon ami Arthur me réconcilie un peu avec eux en me racontant cette aventure arrivée à un chômeur qui y a trouvé du travail :

– « *Eh bien, ça y est, chérie* », annonce-t-il à sa femme en rentrant chez lui, tout guilleret, « *j'ai enfin trouvé un boulot et je commence dès demain au Zoo de Vincennes !* ».

– « ? ».

– « *Oh, tu sais, il n'y a pas de sots métiers* ».

– « ?? ».

– « *Figure-toi que le gorille vient de mourir. Il était, m'a expliqué le directeur, l'attraction phare. C'est donc une catastrophe pour le jardin zoologique et le directeur me demande de le remplacer…, enfin, pas lui mais le gorille !* ».

– « ??? ».

– « *Oh, rassure-toi ! Tout est prévu. On me fournit une peau de gorille, je suis nourri et, si je remplis correctement mon rôle, j'aurai des primes et même peut-être un CDI !* ».

Et puis les jours passent. Le nouveau pensionnaire du zoo se prend au jeu. Il monte à l'arbre en ciment que le zoo a eu la délicatesse de planter dans sa cage. Il va jusqu'au sommet pour faire la roue autour d'une branche et, patatras, c'est l'accident ! La branche rompt et, emporté par son élan, le gorille tombe dans la cage aux lions !

– « *Ouvrez-moi* », hurle-t-il, agrippé aux barreaux de sa nouvelle cage, « *j'suis pas un gorille, j'suis un homme !* ».

Le roi de la jungle, détrôné depuis longtemps et plongé dans la sieste léthargique qui est devenue son passe-temps quotidien favori, la gueule nonchalamment avachie sur une patte, entrouvre un œil et lui lance :

– « *Ferme-la ! Tu vas nous faire tous lourder !* ».

*

* *

La seule anecdote personnelle que je livrerai ici est celle qui a, en fait, sonné le glas de mes prouesses.

Il s'agissait d'une chasse ou plutôt d'un massacre aux gazelles, dans le désert syrien. L'opération avait consisté à se trouver sur place, en fin de journée, avec quelques copains, à bord d'une camionnette tous terrains, puis à repérer le troupeau de loin, à le rattraper à cent kilomètres à l'heure et, enfin, à tirer dan le tas sans même viser ! Comme si ça ne suffisait pas, on avait déposé l'un d'entre nous pour rassembler le butin, tandis que l'équipée était repartie pour un deuxième carnage. Après quoi, ramassage et demi-tour pour récupérer le premier trophée et son gardien, mais celui-ci resta introuvable. Klaxon, hurlements, appels de phare dans tous les sens. Rien n'y fit. En désespoir de cause nous rentrâmes à Damas et prévînmes la gendarmerie. Le copain fut repéré par un hélicoptère le surlendemain matin, cruellement brûlé par le soleil. Il nous raconta quelques jours plus tard que les hyènes s'étaient disputées une bonne partie de la nuit, tout près de lui, le festin qui leur était ainsi offert !

À la suite de quoi j'ai définitivement raccroché. J'étais loin de me douter que je troquerais un jour mon fusil de chasse contre une canne à pêche !

Tout à commencé quand, lors de très grandes marées, évidemment à la basse mer, ma famille au complet, grands et moins grands réunis, nous crapahutions pour descendre dans des coins secrets de la Presqu'île de Crozon, à la pêche au tourteau, à l'étrille, à l'oursin et autre "*pousse-pied*", ce crustacé en forme de "*pied d'éléphant*", comme nous l'avions rebaptisé, qui pend en grappes au fond de grottes presque toujours submergées et dont on se régalait, d'autant plus que sa cueillette est très réglementée. Puis, nous remontions, tant bien que mal, les sacs à dos délestés de leurs casse-croûte, avalés par des morfals affamés par l'effort et l'air du large, mais bourrés de notre précieuse moisson de fruits de mer.

Avant d'avoir un bateau, je me suis mis au lancer lourd, ce qui est un véritable sport mais qui ne s'improvise pas. Il faut se documenter, regarder, écouter, comprendre et s'armer de patience ainsi que de mémoire, car le résultat de la pêche dépend d'innombrables éléments dont la méconnaissance ne peut que faire conclure, avec de nombreux amateurs bredouilles, qu'il n'y a plus de poissons dans la mer ! Tout rentre en jeu, le lieu, l'époque de l'année, l'heure, le sens et le coefficient de la marée, le sens et la force du vent, l'appât, le montage du bas de ligne…

Ma femme a ainsi eu l'occasion de mettre au point des recettes dont je livre quelques exemples à la fin de mon ouvrage.

Puis nous nous sommes mis à la voile avec un modeste "*pêche promenade*", le "*Jeansylfré*" (contraction de Jean-Frank, Sylvie et Frédérique, les prénoms de mes trois enfants), ce qui nous a amenés au grand large, grâce au permis B de navigation, mais de façon très prudente, tant il est vrai que les charmes de la Mer d'Iroise dissimulent ses redoutables dangers. Enfin, la voile ayant dépassé mes capacités sportives, j'ai dû modifier mes relations avec l'Océan, à bord d'une vedette motorisée, le "*Mathoké*" (contraction de Marion, Thomas et Kévin, les prénoms de mes trois petits-enfants), avec un amarrage au port de plaisance de Camaret-sur-Mer.

*

* *

Quand l'heure de ma retraite a commencé à poindre à l'horizon, nous nous sommes décidés à acheter en février 1992 une propriété au lieu-dit "*Pen An Ero*", "*le bout du sillon*" en breton, ce "*sillon*" étant la route qui sépare un étang de la mer, la rade de Brest, à l'entrée de l'ancien petit port de pêche coquillard du Fret. Notre intention était de pouvoir y recevoir famille et amis et d'y partager notre temps avec notre appartement parisien.

Ma femme n'en a pas profité !

Le 8 septembre 1993, sur le point de quitter mon bureau, je lui ai téléphoné, comme très souvent, pour lui annoncer mon départ et bavarder un moment. Pouvais-je savoir que c'était la dernière fois ?

En rentrant chez moi, trente-cinq minutes plus tard, je l'ai trouvée, allongée sur le canapé de notre séjour. J'ai cru à un malaise. Une voisine a appelé les pompiers. Ceux-ci sont arrivés assez vite. Ils ont immédiatement constaté une "*fausse route*". Ma femme avait avalé de travers. En fait, elle était déjà sans vie. Massage cardiaque. Oxygénation… Les pulsations et la respiration repartent. Avec elles, l'espoir. Puis, les urgences de l'Hôpital Saint-Louis. Réanimation intensive. Je passe le reste de la nuit accroché au téléphone. À chaque fois, accueilli par l'adagio d'Albinoni et la même réponse de l'infirmière :

– « *Ça suit son cours !* ».

Le lendemain matin, à la première heure, avec mes trois enfants, le médecin urgentiste ne nous laisse guère d'espoir. Il va même jusqu'à me faire entendre, en aparté, qu'il valait sans doute mieux s'en remettre au sort dans la mesure où l'on ne savait pas combien de temps le cerveau était resté sans irrigation.

Ma femme est morte le 9 septembre, le jour de mes soixante et un ans, tandis qu'elle venait d'en avoir cinquante !

Qu'allais-je faire de Pen An Ero ? J'ai longtemps hésité. Mes enfants m'ont convaincu d'attendre. En outre, nous avions déjà acheté, grâce à une donation entre vifs de mes beaux parents à leur fille, une quantité de matériels divers destinés à notre résidence secondaire, de telle sorte que je me suis totalement investi dans sa rénovation, comme si ma femme était à mes côtés.

*

* *

Et le fait est que je vis assez souvent depuis lors, il y a donc maintenant vingt ans déjà, des périodes extraordinaires qui pourraient s'intituler "*l'irrésistible présence d'une disparue*".

Non pas qu'il soit étonnant qu'il m'arrive d'évoquer ma femme de temps en temps, quand l'occasion s'y prête. Après tout, quoi de plus normal en effet que ma pensée aille naturellement vers la mère de mes enfants, celle avec qui j'ai partagé trente ans de mon existence, celle qui m'a quitté si brusquement ? Non, ce qu'il y a vraiment d'extraordinaire ce sont les aventures que je continue à vivre avec elle durant nos nuits d'insomnie et de rêve ! Il m'arrive même, sans que je puisse déterminer à mon réveil si ça m'est agréable ou non, comme dans un étrange et surprenant mélange d'irréelles réalités, de chercher à reconquérir ma compagne, tandis qu'un concurrent essaye de la séduire ! J'en arrive parfois à maîtriser et donc à orienter, au moins partiellement, mon imagination !

*

* *

Outre les excursions en mer, à voile ou à moteur, et la pêche, outre le bricolage, outre l'écoute assidue, sans déranger mon entourage grâce à des prothèses auditives, de la radio, notamment de "*France-Infos*", que je préfère à la télévision, exception faite de l'émission "*C'est dans l'air*", présentée principalement par le journaliste, Yves Calvi, sur la 5, qui me donne souvent l'impression, après l'avoir suivie, d'être un peu moins bête qu'auparavant, outre la lecture à laquelle je peux encore heureusement m'adonner malgré une maladie de Stargardt (dégénérescence maculaire dont les séquelles semblent néanmoins s'être plus ou moins stabilisées), grâce à un ingénieux dispositif de grossissement et de transcription sur un écran, que j'ai baptisé "*la visionneuse*", outre la réalisation des ouvrages que j'ai déjà édités et des quelque soixante-dix articles sur des sujets économiques variés que j'ai publiés, pendant les onze ans qui se sont écoulés entre mon départ à la retraite en septembre 1998, à l'âge de soixante-six ans, et juillet 2009, dans

"*Infos 28 Paris*", lettre hebdomadaire destinée aux chambres consulaires (industrie, commerce, artisanat, agriculture) et aux professions libérales…

…un autre de mes hobbies a été et continue à être le jeu d'échecs où j'ai fini par atteindre un classement que d'aucuns considèrent comme honorable, grâce à une pendule qui m'indique via un écouteur le temps qui me reste, coup après coup, par rapport au délai fixé pour la partie.

Mais, avant de vous en parler, de ce jeu, je passe une dernière fois la plume à mon ami Arthur qui souhaite vous raconter cette ultime anecdote. Après l'implantation d'une prothèse à un genou, je fus envoyé en convalescence et en rééducation à l'Institution Nationale des Invalides. L'occupant de la chambre qui était à côté de la mienne n'était autre que… Michel Galabru. Un jour, le préposé à la distribution des livres de bibliothèque aux patients qui en voulaient, passa dans le couloir sans s'arrêter devant la chambre de mon voisin :

– « *Ah bien ça alors ! Et moi, je n'y ai pas droit aux livres ?* ».

– « *Ah Monsieur Galabru, excusez-moi s'il vous plaît, mais nous on a reçu l'ordre de ne surtout pas vous déranger !* ».

– « *Eh bien j'espère que ce ne sera pas comme ça pour les repas !* ».

*

* *

Le jeu d'échecs ?

De façon à m'évader de chez moi quand je m'y suis retrouvé seul, je me suis impliqué à la présidence d'un club d'échecs à Paris, puis de la Commission des Echecs de la Ligue de l'Île-de-France de la Fédération Sportive et Gymnique du Travail, que j'ai, l'un et l'autre, complètement réorganisés.

Le jeu d'échecs a cette particularité que, tout jeu qu'il soit, il n'en est pas moins particulièrement prenant – bien au-delà de tout ce que le profane peut imaginer – mais dont il faut néanmoins se méfier, précisément pour cette raison, car, à partir d'un certain niveau, tout nouveau progrès demande, comme dans la plupart des sports (oui, il s'agit d'un sport !) un gros investissement de temps et, ici, de mémoire. Dès lors, l'écueil est que l'intérêt puisse se transformer en passion démesurée. Pour la petite histoire, quand l'Américain Bobby Fischer a ravi aux Soviétiques la couronne mondiale en 1972, il a avoué qu'il en était arrivé à y consacrer dix-huit heures par jour !

Sous diverses formes, le jeu d'échecs remonte dans la nuit des temps. Dès le VIème siècle avant notre ère, on en trouve trace en Inde, dans la Vallée de l'Indus. Il essaime ensuite, avec des mutations successives, de par le monde entier, via la Perse, l'Afrique du Nord, l'Extrême Orient… La pandémie finit par atteindre l'Occident, où il acquiert ses lettres de noblesse, sous sa mouture moderne, à partir de la Renaissance. Une telle pérennité est déjà, à elle seule, le gage de l'intérêt que mérite celui que l'on appelle, à juste titre, le "*roi des jeux*" !

Le virus ne présente aucun danger, que l'on se rassure, si l'on sait raison garder. En revanche, il peut servir chez l'enfant d'antidote contre l'explosion de certains jeux électroniques particulièrement débilitants, quoi que l'on en dise, en lui apprenant, par exemple, ce que sont concentration et vigilance, calcul stratégique et calcul tactique, imagination, intuition et déduction, un juste milieu entre la prudence et l'audace, bref, autant de tranches de vie en miniature !

Épilogue

Voilà donc une vie qui, ma foi, me donne l'impression, avec le recul nécessaire maintenant qu'elle arrive à son terme, d'avoir été assez bien remplie sinon toujours bien faite, où les "*étales*" ont été effectivement, en général, de courte durée !

En posant ma plume, j'ai la satisfaction d'avoir établi un trait d'union avec mon passé et celui des miens, tout en essayant d'en extraire quelques éléments plus pérennes que les autres.

Evidemment, un tel exercice implique des choix, parfois cruels, et n'offre donc sans doute pas, pour cette raison, la garantie d'une parfaite objectivité, mais c'est, à mon avis, le seul moyen de donner un sens à la vie *a posteriori* et avant que la mémoire ne commence le cas échéant à s'effilocher !

Pour s'en convaincre si besoin, il suffit, en s'en tenant à un microcosme au milieu des immensités de l'univers et du temps, ainsi que des incertitudes de l'avenir, d'aller se promener, comme je l'ai fait avec ma femme, parmi les tombes abandonnées et oubliées depuis longtemps, effondrées, défoncées, éventrées, sens dessus dessous – vision vertigineusement apocalyptique – dans certaines allées du Cimetière du Père Lachaise.

En outre, la gymnastique qui consiste à recenser ses souvenirs, à les trier selon un certain ordre et, en prenant garde de ne pas s'y ensevelir, d'en tirer un enseignement, oui, cette gymnastique là, qui constitue les trois étapes de la biographie, ne peut que contribuer à garder les moyens d'éloigner l'échéance du néant !

Enfin, une fois le travail terminé, une question se pose néanmoins, à laquelle nul ne peut répondre, à ma connaissance : "*le trait d'union suivant sera-t-il un jour établi ?*".

Recette pour congre : la tourte

Tout comme le melon de Jean-Jacques Rousseau, ce plat est à partager en famille ou entre amis. À défaut d'être naturellement divisé en tranches, il n'en est pas moins destiné à être découpée en parts, lesquelles peuvent d'ailleurs être tracées d'avance sur la pâte.

Ingrédients

Pour six à huit personnes, ils ont la particularité de ne pas peser lourd dans le porte-monnaie : un congre de 2,5 kg vidé, oignons, échalotes, ail, bouquet garni, citrons, piments brûlants, poivron vert et rouge, poireaux, carottes, champignons de Paris, court bouillon poissons (commerce), vin blanc, grand pot de crème fraîche épaisse, huile d'olive et de colza, pâtes feuilletées, sel, poivre, piment de Cayenne moulu, moutarde, laitue.

Durée de préparation et cuisson : environ 2 ½ heures.

Court bouillon

Améliorer quatre litres en y ajoutant oignons et échalotes, coupés en gros morceaux, deux piments, bouquet garni, un peu de vin blanc, tranches de citron. Porter à ébullition, puis maintenir avec couvercle à feu très doux.

Congre

Couper le congre nettoyé en tranches de six centimètres d'épaisseur depuis les ouïes jusqu'à l'anus. Plonger tranches, tête et queue dans le court bouillon. Porter à ébullition. Laisser frémir ¼ d'heure. Laisser tiédir en dehors du feu.

Légumes

Couper en petits cubes tous les légumes, y compris un oignon et quelques échalotes Faire revenir le tout à l'huile d'olive. Humecter autant que de besoin d'un peu de court bouillon passé. Ajouter à la fin les champignons de Paris coupés en tranches et frits à part avec une pointe d'ail.

Dépiautage du congre

Dépiauter en charpie les tranches de congre, en ne gardant que la chaire blanche. Astuce : le faire sur un fond sombre, par exemple la plaque du four.

Farce de la tourte

Mélanger congre, légumes, crème fraîche et trois cuillers à soupe de moutarde, pour obtenir un tout homogène, onctueux et assez ferme.

Assaisonnement

Ajuster sel, poivre et piment de Cayenne moulu.

Tourte

Placer une pâte feuilletée sur sa pellicule de papier spéciale cuisson au fond d'un grand plat à tartes (40 cm de diamètre). Répartir la farce sur une épaisseur de 3 à 4 cm. Recouvrir de la deuxième pâte feuilletée. Bien pincer les bords. Mettre le tout au four, à feu assez fort, Surveiller jusqu'à une belle dorure de la pâte.

Laitue

Faire macérer sel, poivre noir, échalotes et persil finement hachés dans trois vinaigres : cidre, balsamique et vin de Xérès. Le double d'huile (olive et colza).

À servir avec un vin blanc sec et frais (par exemple, un Muscadet).

Recette pour bar

À partir d'une certaine taille, le bar, cuit au court bouillon, peut faire l'objet d'un "*montage*" froid avec des légumes variés assaisonnés de vinaigrette : asperges, cœurs de palmier, fonds d'artichaut, tomates cerises, poireaux, pommes de terre en tranches, champignons de Paris, carottes râpées, céleri… et mayonnaise maison : deux jaunes d'œuf dans un bol avec deux cuillers à soupe de moutarde forte, trois verre à moutarde d'huile de colza, le tout à la température ambiante. Une fois la mayonnaise montée au robot, y ajouter la préparation suivante : trois dés à coudre de vinaigre de Xérès dans lequel on a fait macérer deux gousses d'ail écrasées, du persil finement haché et du piment de Cayenne moulu.

Recette pour tacaud

Placer le poisson bien nettoyé dans un plat. L'entailler de chaque côté sur toute la longueur à l'aide d'un couteau très tranchant. Ajouter sel, poivre, filet de citron, noix de beurre, épices pour poissons (commerce). Couvrir et faire cuire au bain-marie une demi-heure.

Table des matières

Cet ouvrage a été composé par Edilivre

175, boulevard Anatole France – 93200 Saint-Denis
Tél. : 01 41 62 14 40 – Fax : 01 41 62 14 50
Mail : client@edilivre.com

www.edilivre.com

Tous nos livres sont imprimés
dans les règles environnementales les plus strictes

Tous droits de reproduction, d'adaptation et de traduction,
intégrale ou partielle réservés pour tous pays.

ISBN papier : 978-2-332-66917-9
ISBN pdf : 978-2-332-66918-6
ISBN epub : 978-2-332-66916-2
Dépôt légal : avril 2014

© Edilivre, 2014

Imprimé en France, 2014

N° d'impression : 195864